額賀澪
転職の魔王様
THE EXPERT OF CHANGING JOBS
PHP研究所

目次

装丁・目次・扉デザイン――川谷康久（川谷デザイン）
装画――おかざき真里

プロローグ

誰もいないかと思ったオフィスには、社長の落合洋子《おちあいようこ》がすでに出社していた。彼女が毎日連れてくる白猫が、来栖《くるす》のデスクの上で丸くなっている。

「社長、早いじゃないですか」

オフィスの一番奥、広々としたデスクで悠々《ゆうゆう》とコーヒーを飲んでいた落合は「そっちこそ」と笑った。彼女が羽織《はお》った桜色のストールに、もうとっくに三月だったなと思い至る。

「今日面談に来るうちの姪《めい》っ子のこと、よろしくね」

「姪っ子さんだろうと誰だろうと、いつも通り対応するだけですよ」

「あんまりいじめないでよね。やっと転職活動できるまで元気になったんだから」

デスクにいた白猫を抱き上げ、オフィスの窓から外を眺めた。春の薄い曇天からは今にも雨が降り出しそうだった。

西新宿の街を、各々の職場に向かう大勢の人が蠢《うごめ》くようにして歩いている。ビルの十二階から見える通行人の姿はとても小さいが、三月に入って日に日に寒さが緩《ゆる》んでいくのが、人の服装や歩き方からよくわかった。

「こら、魔王、聞いてるのか」

落合から飛んできた不本意なあだ名に、「その呼び方、やめてください」と抗議して、デスクに戻った。昨日《きのう》までに何度も確認したスケジュール帳を改めて開く。

十一時に、落合の姪の名前が書いてある。

「……まったく、どうしてこんなことになったんだよ」

第一話

そんなこと自分で決めてください

二十六歳／女性／広告代理店 営業職 退職

未谷千晴

三月になったというのに、傘《かさ》の隙間から入り込む雨は紙やすりみたいに冷たく鋭かった。ウエリントン型の眼鏡《めがね》のレンズに、雨粒が一つ、こびりつくみたいに落ちる。未谷千晴《ひつじたにちはる》は傘の柄《え》を持ち直した。

今月から大学生の採用活動が解禁されたせいか、新宿駅からの道のりは、リクルートスーツ姿の就活生が目立った。多分、この西新宿のビル群の至るところで会社説明会が行われているのだ。

四年前の千晴もそうだった。社会人になったら使い物にならない真っ黒なリクルートスーツを着て、収納力のないリクルートバッグを手に、東京中を駆け回った。今、頑張れば、きっと幸福な社会人生活が待っている。そう思っていた。

まさか、社会人になって、たった三年で転職活動をすることになるなんて。

目的のビルの前で足を止め、千晴はゆっくりと深呼吸をした。電車に乗るのも久しぶりだった。家族でも友人でもない人とまともに話すのは、三週間ぶりだ。体が他人に会う態勢になっていない。昨夜、母が「無理そうだったら帰ってきなさいね」と言ってくれたのに甘えたくなってしまう。

でも、このまま寒さが緩《ゆる》んで、桜が咲いて、新生活の始まりの季節がやって来たら……季節の移り変わりに乗り遅れてしまったら、二度と復帰できない気がする。社会に、会社に、普通に働いて普通にお金を稼《かせ》ぐ普通の大人に、戻れなくなる。

すぐ側《そば》を、リクルートスーツのグループが通りすぎていった。男子は爽《さわ》やかな短髪で、女子はぴしっとしたポニーテール。寒さに負けない凛々《りり》しいうなじを横目に、千晴は意を決してビルに足を踏み入れた。広々とした、天井《てんじょう》の高いホール。エレベーターが六基あって、そのうちの一つがちょうど一階に下りてきた。

エレベーターで十二階に上がる。エントランスは明るかった。外が悪天候で薄暗かったせいで、一瞬、目がチカチカとした。

〈シェパード・キャリア〉

エントランスに掲《かか》げられた木製の看板に、白い照明が当たっていた。羊飼いが使うフックという道具をあしらったロゴマークに、不思議と目が吸い寄せられる。

ガラス製のドアを開けると、無人の受付があった。電話が置かれていて、来客用の呼び出し番号が案内板に貼ってある。

オフィス独特の、おろしたてのジャケットのような澄《す》んだ香りがした。洒落《しゃれ》たデザインの本棚に仕切られてよく見えないが、その奥から人の気配《けはい》がする。静かだけれど、どこか熱っぽい。仕事をしている人間の息遣いだ。

受話器に手をやった瞬間、「ちーはーるー！」と黄色い声が飛んできた。

「千晴のことだから、約束の五分前に来ると思った」

春を先取りしたような桜色のストールを羽織《はお》った落合洋子が、本棚の奥から現れる。緩くウェーブした髪を揺らす姿は、相変わらず五十二歳に見えない。

彼女は千晴の叔母《おば》にあたり、シェパード・キャリアは洋子が社長を務める人材紹介会社、いわゆる転職エージェントだ。東京に本社が、大阪と福岡にも小さいながら支社がある。全従業員数は百二十人。これでも二十年以上の歴史がある。

去年の年末から休職し、先月ついに会社を辞めた千晴に「次の職場はうちを使って探したら？」と言ってくれたのは、洋子だった。

「可愛《かわい》い姪《めい》っ子には優秀なキャリアアドバイザーを担当につけておいたから」

ひらりとストールをはためかせた洋子に、面談ブースへ案内された。広々とした空間に椅子とテーブルが置かれ、パーティションでブースごとに区切られている。青を基調とした内装は閉塞感《へいそくかん》がない。ところどころ、ガラス容器に入ったグリーンが置かれている。

「キャリアアドバイザーは、転職活動を二人三脚でサポートしてくれるパートナーみたいなものだから、言いたいことは遠慮なく言いなさいね」

平日の昼前だからか、面談ブースには千晴以外の求職者はいない。案内された窓際《まどぎわ》の席に腰掛けると、洋子は「それじゃあ頑張ってね」とストールを翻《ひるがえ》した。

「ねえ、洋子叔母さん」

慌《あわ》てて振り返って、千晴は洋子を見上げた。

「ありがとね。新しい仕事、頑張って見つけます」

千晴が休職してから、洋子は何かと世話を焼いてくれた。家に籠《こ》もっていた千晴を食事や買い物に連れ出してくれて、こうして仕事を探すきっかけもくれた。

「大丈夫《だいじょうぶ》、大丈夫、うちのＣＡ《キャリアドバイザー》がばっちり見つけてくれるから。大船に乗ったつもりでいなさい。なにせ、相手は転職の魔王様だから」

どん、と自分の胸を拳《こぶし》で叩《たた》いた洋子に、千晴は首を傾《かし》げた。

「……魔王様？」

「魔王様」

明らかに含みのある笑みを浮かべた洋子は、「あんた、コンタクトより眼鏡の方がしっくりくるね」と千晴の顔を指さして、面談ブースを出て行ってしまった。

細身のパンツを穿《は》いた洋子の背中が遠ざかり、代わりに木目調の床を靴の踵《かかと》が鳴らす音が近づいてくる。その足音に紛《まぎ》れて、カツン、カツン、とリズミカルで軽やかな、でも乾いた音が、やって来る。足音と戯《たわむ》れて踊っているみたいだった。

観葉植物の向こうから現れたのは男だった。磨き上げられた革靴も鮮《あざ》やかな紺色のスーツも、臙脂色《えんじいろ》のネクタイも金色のネクタイピンも妙に存在感があったが、何より印象的だったのは男の右手だった。

男は杖をついていた。

「貴方《あなた》が未谷さんですか」

やっと彼の顔を見ることができた。若い男だった。千晴より少しだけ年上だろうか。ピンと伸びた背筋に、涼《すず》やかな凜《りん》とした目をしていた。

だからこそ、右手に持った木製の杖がとても異質なものに見えた。

「足の不自由な人が珍しいですか？」

頭の中を、さらりと読まれてしまう。怒っているわけでも悲しんでいるわけでもない、とてもひんやりとした声色《こわいろ》だった。

「すみません、そういうわけでは……」

「初めて会った方は、僕の顔を見るより先に杖を見るので、別に構いませんよ」

カツン、と乾いた音が鳴る。天然石のような綺麗《きれい》な模様《もよう》をした杖の持ち手が、照明を反射して生き物みたいにぬるりと光った。やや遅れて、彼の左足が杖を追いかけるようにぎこちなく動く。

「社長の落合から『うちの姪っ子を頼む』と言われました。キャリアアドバイザーの来栖《くるす》です」

来栖嵐《あらし》と、差し出された名刺には書いてあった。名前の横に顔写真が入っている。実物と寸分違《たが》わない、ひやりと冷《さ》めた目をしていた。

タイミングを見計らったように風が強まって、雨が面談ブースの窓に打ちつける。雨風を背に、来栖は千晴に座るよう促《うなが》した。首から提《さ》げられた社員証の「嵐」の文字が、千晴の目に吸いついてくる。

「未谷千晴さん。前職は広告代理店で、新卒で一之宮企画に入られたんですね。営業企画部でおよそ三年勤務。昨年末から休職し、先月退社」

席に着いた来栖の手元には、真っ黒なファイルがある。千晴がシェパード・キャリアに登録したときに送った履歴書《りれきしょ》と職務経歴書《けいれきしょ》が挟《はさ》んであった。

「一之宮企画といったら、業界最大手ですね。就活も激戦だったんじゃないですか？」

「確かに競争率は高かったですが、運良く採用していただけました」

まるで用意された原稿を読み上げるような、ぎこちない返事になってしまった。そんなことは意に介さない様子で、来栖は話を続ける。

「入社後は営業企画部に配属されて、クライアントへの広告の提案、進行管理、制作のディレクションをしていたと。退職の理由は激務のための体調不良だと落合から聞きましたが、天下の一之宮企画も大変みたいですね」

広告業界は大手だろうと中小企業だろうと、激務に変わりない。営業と名のつく部署《ぶしょ》は尚更《なおさら》だ。一之宮企画は大手の広告代理店だったが、有給休暇の取得率は低かったし、反比例するように残業時間は長い。法令遵《じゅんしゅ》守の意識も低かった。

その後も来栖は、千晴の履歴書をなぞる形で事実確認をしていった。千晴はただ首を縦に振り続けた。

「希望業界や職種の欄《らん》に何も記入されてませんでしたが、次の職場に対する希望はないんですか？」

履歴書から顔を上げた来栖が聞いてくる。睨《にら》んでいるわけではないのに、槍《やり》のような視線をした人だ。

「前の会社を三年保《も》たず退職してますし、高望みをするつもりはないです」

両膝《りょうひざ》にやった手を、無意識に握り込んでいた。高望み——新卒で入った会社を三年とたたず辞めてしまった自分にとって、どこまでが高望みで、どこまでが身分相応《そうおう》なのだろう。もはや、正社員になろうと考えることすら、身の程知らずな望みなのだろうか。

トレイに紙コップをのせた女性がやって来て、「どうぞ」とホットコーヒーを千晴と来栖の前に置く。随分《ずいぶん》と若い人だった。もしかしたら大学生のアルバイトかもしれない。社長の姪だと聞いているのだろうか、千晴の顔をまじまじと見て、「失礼します」と笑って去っていった。

「高望みですか」

コーヒーを一口飲んで、来栖は微《かす》かに眉《まゆ》を寄せた。浅い皺《しわ》から不快感が伝わってくる。よく見ると、生活感のない部屋のような、無機質に整った顔立ちをしていた。綺麗な部屋ではちょっとの埃《ほこり》が目立つみたいに、マイナスの感情が際立《きわだ》つ。

「はい……それに、このまま休職期間が長くなるのは致命的だと思っていて」

「仕事内容なんて何でもいいから、とにかく履歴書の空白期間を埋めたい。それが未谷さんのご希望ですか」

咄嗟《とっさ》に返事ができなかった。休職期間を——無職で親の脛《すね》を囓《かじ》っている時間を減らすことが、転職の目的なんだろうか。

仕事とはもっと、輝かしくて熱量があって、心を弾《はず》ませるものなのだと思っていたのに。

コーヒーを口に含む。眼鏡のレンズが白く曇《くも》る。熱々のコーヒーを飲み下すと、背に腹は替えられないじゃないか、と耳の奥で声がした。

「はい。どんな業界でもどんな会社でもいいので、とにかくちゃんと働きたいです。家にちゃんとお金を入れたいですし、ちゃんと税金も納めたいです」

来栖の目が、少しだけ大きくなる。「税金？」と、小さく小さく首を傾げた。

「同級生はみんなちゃんと働いてるのに、働きもせず家にお金も入れず、税金も年金も親に払ってもらってるとか、本当、駄目《だめ》な大人じゃないですか」

このまま仕事をしていない時間が半年、一年……と経過してしまったら、同世代の人達と時間がどんどんずれていく。人生を双六《すごろく》にたとえるなら、千晴だけずっと序盤《じょばん》のマスで足踏みをしていることになる。

それを耐えられる人もいるのかもしれない。強い人。自分に自信がある人。でも、私は耐えられない。

「そうですか」

来栖の反応は淡泊《たんぱく》そのものだった。普段からこんな態度でキャリアアドバイザーをしているのだろうか。それとも、千晴が社長の姪だから、適当に対応しているんだろうか。

「未谷さんのご希望はわかりました」

来栖がファイルを閉じる。まるで舞台の幕が上がったように、彼は朗々《ろうろう》と語り出した。

「未経験業界に行けるのは二十五歳まで、三十五歳が転職限界年齢なんて言われています。ちなみに、女性の場合は三十歳が転職限界年齢だと言う人もいます。あと、転職エージェントの顧客は求人企業です。僕達キャリアアドバイザーの給料は、求人企業から支払われる紹介料で賄《まかな》われます。ということは、企業の顔色を窺《うかが》って未谷さんに求人を紹介する可能性もあります。例えば『この求職者の希望とは合致《がっち》しないけれど、企業が人材を欲しがっているからねじ込んでしまえ』とか、『この人の経歴では希望する企業には絶対受からないから、適当な会社を紹介してしまおう』とか」

横っ面《つら》を叩かれたような気分になって、千晴は数秒間呆《ほう》けてしまった。言われたことを頭の中で反芻《はんすう》すると、自然と反論が漏《も》れてしまう。

「あの、そんな話を私にしていいんですか？　男女の転職限界年齢とか、どう考えたって性差別だし」

「僕も男女で転職限界年齢に差があるのはおかしいと思います。終身雇用制度がすっかり崩壊してる社会で《転職限界年齢》なんて言葉が存在すること自体、そもそもおかしいんですよ」

彼はくすりとも笑わない。テーブルの端《はし》に立てかけられた杖の、天然石のような持ち手が、こちらを睨みつけている。

「転職限界年齢は、ネットで転職について調べたらすぐに出てくる話です。悪徳転職エージェントの話なんていくらでも転がってます。あとから知って不安になるより、先に僕から言われておいた方がいいでしょう？　僕は、求職者が男性だろうと女性だろうと、何歳だろうと、前職が何だろうと、最初にこの話をします。転職の第一歩は、己《おのれ》と、己の置かれた状況を知ることから始まりますから」

お前が社長の姪だろうと関係ない。そんな顔で来栖はまた笑った。枯れ葉が枝から落ちるみたいに、素っ気《そけ》なく。

「未谷さんは前職も大手でしたし、年齢的にもマッチする求人企業は多いはずです。後日ご紹介のメールをお送りしますので、じっくり吟味《ぎんみ》してください」

来栖の手が杖に伸びる。カツンと杖先を鳴らして立ち上がると、薄く微笑《ほほえ》んだまま千晴を見下ろす。

「では、面談はこれで。社長が、面談が終わったら貴方とランチに行きたいと言っていたので、呼んできますね」


千晴の話をひとしきり聞いた洋子は、分厚い豚《とん》カツにかぶりついて高笑いした。

「ね、言ったでしょ。魔王様だって」

熱いうちに食べなよ、と促され、千晴は肩を落としながら豚カツを齧った。「絶品だから」と言うだけあって、噛むたびにさくり、さくりと小気味《こきみ》のいい音がした。

シェパード・キャリアのオフィスが入るビルから歩いて五分の豚カツ屋に、洋子は連れて来てくれた。人気店のようで、千晴達が入店した直後に外に行列ができ始めた。

「うん、よくわかった。王様じゃなくて魔王様な理由もわかった。よーく、わかった。あれは確かに、王と言うより魔王……」

「でしょー？」

「正直、あの人がキャリアアドバイザーやってるの信じられないっていうか……なんでこの仕事してるんだろうっていうか……」

「転職する気、なくなっちゃった？」

こうなることを見越していたのか、洋子は楽しそうに千晴を指さした。

「ホントだよぉ。魔王様ってそういうこと？　求職者の心をへし折る魔王様？」

「大丈夫、へし折っても内定させるのがあの男だから。企業からは『来栖さんが紹介する人材は間違いがない』って評判だし、求職者からは『最初は殺してやろうかと思ったけど、無事転職できたから見逃《みのが》す』ってよく言われてるよ」

「どんなに有能な人でも、まともな人は『殺してやろうかと思った』なんて言われないと思うんだけど」

「洋子叔母さんの人を見る目を信じなさい。元はバリバリの商社マンだったのを私が引き抜いたんだから」

冷めるよ、と洋子が千晴の皿を指さす。いつの間にか洋子の豚カツは綺麗になくなっていて、慌てて残りのカツを頬張った。相変わらず衣からは心地《ここち》のいい音がする。

黙って豚カツを咀嚼《そしやく》する千晴のことを、洋子は温《あたた》かいお茶を飲みながら頬杖《ほおづえ》をついて眺めていた。豚カツも付け合わせのキャベツもポテトサラダも平らげたところで、おもむろに話し出す。

「次はきっと、いい職場だよ」

しみじみと噛み締《し》めるように、言った。

「え？」

「世の中、前の職場みたいな悪いところばっかりじゃないよ。いい会社だっていっぱいあるから。きっと来栖がそういう会社を紹介してくれる」

大学受験のとき、就活のとき。両親や友人にもあれこれ相談したけれど、千晴が一番頼りにしたのが洋子だった。その洋子が来栖に任せろと言うなら彼を信じたい——と思いたいのは山々なのに、くすりとも笑わないあの顔を思い出したら、途端《とたん》にその気が失《う》せてしまう。

高望みをするつもりはない。

そう言ったときの来栖の顔が、ふと蘇《よみがえ》る。新卒で入った会社で三年も耐えられなかったのに、「いい会社に行きたい」「高い給料がほしい」「やり甲斐《がい》がほしい」「プライベートも充実させたい」なんて言うつもりはないし、言われたってキャリアアドバイザーも困るだろうに。まさか眉間《みけん》に皺を寄せられるとは思わなかった。

「うちの会社、シェパード・キャリアだよ？　で、あんたの苗字《みょうじ》は未谷でしょ。きっと、羊飼いが迷える羊を未来に導《みちび》いてくれるよ」

羊飼いが使うフックを、杖のように扱う来栖の姿を想像した。魔王と異名《いみょう》を取る彼に羊がころころと誘導《ゆうどう》され、羊小屋に収容されていく。羊達はそのままジンギスカン用の肉になって出荷される。

「……頑張ってみる」

あ、さっきは「頑張ります」と言ったのに。言い直そうとしたら、洋子は「そうねー、頑張りなさい」と笑って、店員に温かいお茶のお代わりを注文した。

会社に戻る洋子と別れ、せっかく新宿に来たのだから買い物でもして帰ろうかと思ったが、どこに行こうか考えているうちに真っ直ぐ駅の改札を通過していた。

自宅のある練馬《ねりま》まで電車に揺られながら、スマホで転職エージェントについて調べた。来栖の言う通り、転職限界年齢や、男女でそれに差があることが書かれていた。

早く内定が出ないとエージェントが投げやりになり、自分の成績を上げるために条件のよくない求人を紹介してくるようになるとか。エージェントを利用してやろうというくらいの心意気《こころいき》がないと、希望通りの会社に行けないとか。

しかし、あの男を利用してやるのは、無理な気がした。

◇　◇　◇

「宣伝部？　あんた、また広告の仕事するのぉ？」

途端にしかめっ面半分、泣き顔半分になった母に、鶏もも肉に包丁を入れながら千晴は「違う、違う」と首を横に振った。

「広告を作る会社じゃなくて、アパレルの会社の宣伝部門。会社の製品の広告を作る部署だよ」

母が最近はまっているハーブソルトを鶏もも肉にまぶしながら、千晴は第一志望の企業について懇切丁寧《こんせつていねい》に説明した。隣で筍《たけのこ》の煮付けを作りながら、母は不安そうな様子でそれを聞いていた。

シェパード・キャリアでの面談のあと、来栖嵐はすぐにメールで求人を送ってきた。対面したときとは違いメールはとても丁寧で、文面からあの魔王様の顔は想像できなかった。

彼が一番に勧めた求人は、大手アパレルメーカーの宣伝部だった。

「ジーヴス・デザインって、お母さんも知ってるでしょ？」

母は結婚前、百貨店のアパレルコーナーで働いていた。今も近所のショッピングモールにある衣料品店でパートをしている。

「あ、知ってる、ジーヴス。最近若い子向けのブランドも始めたでしょ？」

「そうそう、そのジーヴス」

数年前に立ち上げた若者向けファッションブランドに力を入れるため、宣伝部に若い女性をほしがっている。広告業界経験者だと嬉《うれ》しい。求人に書かれていない裏事情も、メールにはしっかり書いてあった。

「女性が多い会社で、子育てしながら働いてる人も多いんだって。お給料も前とそんなに変わらないし、勤務地も赤坂だから家から通えるし」

「あら、それはいいわ。そこにしちゃいなさい」

「しちゃいなさい、って、受かるとは限らないからね？」

条件のいい会社には、応募者も多い。そういう場合は転職エージェントの社内で選考が行われることもある。来栖はそれすら見込んだ様子で、「未谷さんの経歴なら、社内選考は通りますよ」なんてメールを寄こした。

「そんないいところなら、お父さんも反対しないんじゃないかな」

機嫌《きげん》良く鍋に蓋《ふた》をした母がスマホを確認する。「お父さん、駅に着いたって」という声を合図《あいず》に、千晴は油を敷いたフライパンに鶏もも肉を並べた。鶏皮がじゅう、と鳴る。父が帰ってきたら、ジーヴス・デザインの求人に応募することを伝えよう。

千晴が一之宮企画に内定したとき、両親は喜んでくれた。娘が大手広告代理店に勤めることになって鼻高々だった。入社した途端に終電帰りと土日勤務が当たり前になって、最初に母が「そんなに働かなきゃいけないの？」と心配し始め、「新人なんてそんなもんだ」と言っていた父が「ちょっとおかしくないか？」と眉を顰《ひそ》めるようになったのは二年後だった。

「あんたが再就職したら、お料理手伝ってくれる人がいなくなっちゃうのねー。この二ヶ月、楽だったのに」

なんて言うけれど、一人娘がいつまで無職でいるか、父も母も気が気じゃなかったはずだ。千晴が高校生の頃から「大学を選ぶときは就職率をちゃんとチェックしなさい」と、入学したらしたで「一年生のうちから就職のために動かないと」と口酸《くちす》っぱく言っていた二人だから。

「最初は味付けがめちゃくちゃだったから、骨が折れたけどさあ。うちの子、こんなに味音痴《おんち》だったかしら、って」

「さすがに二ヶ月も手伝ってたら、味付けくらい覚えたよ」

数分後に予告通り帰宅した父と夕食を食べながら、転職活動の話をした。アパレルメーカーの宣伝部を受けると言うと、父は「いいじゃないか」と笑った。「次はホワイト企業だといいな」と続けて、母に睨まれて首をすくめた。

夕飯の片付けを手伝って、風呂に入って、自室でジーヴス・デザインに提出する職務経歴書を作った。来栖が送ってくれたテンプレートに沿う形で、一之宮企画での実績や自分のアピールポイントをノートパソコンでまとめていく。

〈広告代理店で企業を外部からプロデュースしてきた経験は、宣伝部の即戦力として活《い》きます。謙遜《けんそん》せずにアピールしてください。未谷さんの経歴は先方にとって魅力的に映っているはずなので、そこを突いていきましょう〉

来栖からのメールにはそんなアドバイスが書いてあった。若者向けのブランドに注力したい相手の事情を踏まえ、若者がターゲットのプロジェクトに携《たずさ》わった実績を前面に押し出した職務経歴書にした。

高校生に人気のアイドルグループを起用して作った、スナック菓子のテレビCM。

ロングセラーのスポーツドリンクを若者向けにリニューアルしたプロジェクト。

スーツメーカーとコスメブランドがコラボした女子大生向けの就活イベント。

渋谷に昨年末にできた商業施設のブランディングチームに加わっていたことは、書いた方がいいだろうか。でも、その最中《さなか》に体調を崩して最後までやりきれなかったし、マイナスイメージを与えてしまうかもしれない。

キーボードに置いていた自分の掌《てのひら》が汗でべっとり濡《ぬ》れていることに気づいた。なのに指先が冷たい。暖房をつけていて部屋は暖かいのに、手足の末端《まったん》が冷たい。

部屋を出て、台所でゆず茶を淹《い》れた。蜂蜜をたっぷり垂《た》らして、マグカップを抱えて部屋に戻る。手は冷たいままだった。ゆず茶を飲んでも飲んでも、なかなか温まらない。

台所に行っている間に、スマホにメッセージが届いていた。一之宮企画の同期の女性からだった。休職してからもちょくちょく連絡をくれていたのだが、この一ヶ月は特にやり取りもなかったのに。

メッセージを確認して、千晴は小さく息を呑《の》んだ。

〈四月から営業企画部に異動だってさ。しかも第一だよ〉

第一営業企画部は、千晴がいた部署だ。もう三月だし、四月からの異動の辞令が出てもおかしくない時期ではある。

〈たぶん、千晴の穴を埋めるためってことなんだろうけど、異動前なのにもう仕事割り振られてる。初《しょ》っ端《ぱな》から容赦《ようしゃ》ないねー〉

新人研修の頃、千晴も彼女も営業企画部を希望していた。でも配属されたのは千晴だけで、彼女はデジタルマーケティング部に行った。

千晴が退職したことで、彼女にはチャンスが巡《めぐ》ってきたのだろう。

〈私の尻ぬぐいさせられる感じになったらごめん。大きなプロジェクトが動いてたから、結構しんどいことになってるかも〉

竹原部長には気をつけて。続けてそう打とうとして、余計《よけい》なお世話だろうかと指が止まる。私ができなかっただけで、彼女は上手《うま》くやれるかもしれない。異動前に嫌な先入観を与えるのは、もの凄《すご》く嫌味《いやみ》かもしれない。

迷っているうちに、向こうから返事が来てしまった。

〈とりあえず頑張ってみる。何かあったら相談のって。またご飯行こう〉

スタンプが送られてくる。千晴もスタンプを送り返した。ぽこん、ぽこん、と軽やかな音がスマホから響く。

ああ、まずいなあ。今夜、ちゃんと寝られるかな。そう思いながら布団《ふとん》に入った。やばいやばいやばい、どうしようどうしよう。頭はどんどん冴《さ》え、休職直前のことが数珠《じゅず》つなぎに思い出され、千晴を引き摺《ず》り回す。

営業企画部は花形部署だった。営業としてクライアントに広告を提案し、プロジェクトの進行を管理する。一之宮企画の要《かなめ》の部署だと会社説明会でも聞いた。多忙な部署だが、そのぶんやり甲斐もあると。

竹原という五十代の男は、特に激務で有名な第一営業企画部を部長として仕切っていた。

あの年、千晴と一緒に第一営業企画部に配属されたのは五人だった。配属初日の千晴達に、竹原は「お前等は今日から兵隊になるんだ」と言った。彼が笑顔を浮かべていたのは最初だけで、今から殴《なぐ》り合いでも始まるんじゃないかという顔で、新入社員に檄《げき》を飛ばした。

「新人なんてみんな足手まといなんだ。死に物狂いで働け。二十四時間働け。一度取り組んだ仕事は死んでも放すな、殺されても放すな」

恐ろしい話をされていると思った。頬がぴりぴりと痛かった。でも不思議なもので、三ヶ月の研修を終えた千晴にはそれが、自分達を鼓舞《こぶ》する感動的な演説に聞こえた。

「さっさと足手まといを脱し、会社から必要とされる人間になれ。必要とされたら全力で働け、尽くせ。そうやって自分の価値を上げていくんだ。いいな?」

確かに奮《ふる》い立たされた。この上昇気流に乗って飛べば、自分は素晴らしい社会人になれる。そう思った。

千晴の教育係になったのは、佐々木という三十代の女性社員だった。常に早歩きでオフィスや街を闊歩《かっぽ》し、千晴が数秒目を離した隙にクライアントに電話してアポを取りつけているような忙《せわ》しない人だった。そんなところが、叔母の洋子にちょっと似ていて、格好《かっこう》よく映った。

彼女の仕事ぶりを真似《まね》ているうちに、佐々木本人から「未谷さんは気が利《き》くから、何でも先回りで動いてくれて本当に助かる」と頼りにされるようになった。それがどれだけ嬉しかったか、今でもよく覚えている。

佐々木が突然結婚して退職することになったのが、その半年後だった。

「そろそろ潮時だと思ってたんだよね」

そう言って彼女は会社を辞めた。「潮時」という言葉が、「三十六歳で独身の自分」を指していたのか、「十四年も激務をこなした自分」を指していたのか、千晴は未《いま》だにわからない。

部下の寿《ことぶき》退社を知らされた竹原は、「だから女は嫌なんだよ」と佐々木のいないところで大きな溜め息をついた。直属の上司がいなくなった千晴を一旦預かることになったのが、その竹原だった。

「ヒツジぃ、お前は彼氏いんのか？　佐々木に続いて寿退社とか勘弁《かんべん》してくれよな」

彼は千晴のことをヒツジと呼んだ。親しみを込めたあだ名というより、「ひつじたに」という五文字を発するのが煩《わずら》わしい、という理由からだった。

「いいか、女は結婚したらそれまでのキャリアぶっ潰《つぶ》れるからな。子供なんて産んだらもうおしまいだ。男と付き合うなら覚悟して付き合えよ」

嫌味ったらしく笑った竹原に、自分はなんと答えたんだっけ。「いえいえ、私、彼氏なんていませんから」と、ヘラヘラしていたんだろう、きっと。

営業先への同行、スケジュール管理や書類作成、飲み会のセッティング、出張の手配、何だってやった。竹原の抱えていたプロジェクトが始動すれば、進行管理は千晴の仕事だった。休日の接待ゴルフにも駆り出された。

典型的な体育会系気質《かたぎ》の竹原は、不思議と似たような性質《たち》のクライアントが多かった。飲み会ともなれば全員が大酒飲みと化し、千晴はお酌《しゃく》に追われて水すら口にできなかった。家に帰るのはどんどん遅くなって、会社に泊まり込むことも多くなった。両親が帰宅した千晴に怪訝《けげん》な顔をするようになったのは、この頃からだった。

一時的に預かるだけ、というはずだった千晴が竹原の専属秘書のような状態になって、それを部署の誰もが受け入れてしまったのも、多分この頃。

風邪を引いているような状態が数ヶ月続いたこともあった。熱っぽくて、喉《のど》と頭が常に痛くて、「顔色が悪い」と母に毎朝言われた。竹原には「移すんじゃねえぞ」とだけ言われた。

「常にスケジュールと予算に追われるのが私達の仕事なんだよ」と佐々木さんは言っていたけれど、そこに竹原の機嫌が加わった。彼の機嫌がいい日なら平穏《へいおん》に終わる業務も、機嫌が悪いと些細《ささい》なことで怒鳴り散らされた。

「おい、ヒツジ」

そう呼ばれたら、竹原のところに飛んでいく習性が染みついた。どれだけ急ぎの仕事の最中だろうと、手に荷物を抱えていようと。

以前、クライアントとの電話中に呼ばれ、電話が切れてから駆けつけたら、手にしていた書類を顔面に投げつけられた。ああ、この人の部下への接し方に合理性を求めてはいけないんだ、と思い知った。

それ以降、千晴を呼ぶたびに彼は「いーち、にー、さーん……」とカウントし、五秒たつと「ラム肉の方が役に立つな」と怒鳴るようになったのだった。

「酷《ひど》いよな」

そう言う同期もいた。でも、誰もその場で声を上げはしない。「酷いよな」と言った口で「でもあの人、ヒツジさんに怒鳴らないと収まらないし」と溜め息をつく。「無理しちゃ駄目だよ」と千晴の肩を叩いた手で、「ヒツジさん、企画書作るの得意でしょ。これ手伝ってくれない？」とちゃっかり仕事を押しつける。

本気で心配して、どうにかしようと思っている人なんて、誰もいなかったのだと思う。

ヒツジというあだ名は、最初こそ親しみを込めて呼んでもらえているようで嬉しかったけれど——いつの間にか、自分が本当に家畜になった気がした。

あの日もそうだった。

「おい、ヒツジ、ちょっと来い」

呼ばれて、手にしていたマグカップを放り投げた。カップが倒れ、コーヒーが印刷したばかりの企画書の上に広がって、隣の席の社員が「あーあー」と声を上げた。

「はい、今すぐ！」

返事をした途端、平らなはずの床が、急な登り坂に感じた。次第に足下はぐにゃりと歪《ゆが》み、泥の上を歩いているようで、足が絡《から》まって、千晴は床に倒れ込んだ。誰かのゴミ箱をひっくり返し、誰かのデスクの角《かど》に額《ひたい》をぶつけた。

顔を上げたら、床に赤い点が一つ落ちていた。血だった。鼻血かと思って口元を拭《ぬぐ》って、血の出所《でどころ》が額だということに気づいた。

「ヒツジ、早くしてくれるー？」

竹原の声がした。「してくれるー？」と語尾《ごび》が捻《ねじ》り上がる言い方は、不機嫌な証拠だ。

額を手で押さえて、歩いていった。足下がおぼつかない。登り坂なのか下り坂なのか、前に進んでいるのか後退しているのか、わからない。

「何やってんだ、お前」

竹原はそう言って、千晴が徹夜して作った企画書を「話にならないから」と突き返してきた。

ぐるん、と視界が反転して、千晴はそのまま床に仰向《あおむ》けに倒れ込んだ。硬《かた》く冷たい床からは、遠くを歩く誰かの足音がガンガンと響いてきた。

竹原の声がする。千晴を心配する声ではなかった。おい、こんなことで俺の時間を使わせるな。そう言いたげな声色だった。


――おい、ヒツジ！


頭の中を埋めつくした声に、ハッと目が覚めた。

「はぃいいいっ、ただいまっ！」

眠気が吹っ飛んで、ベッドから飛び起きた。直後、サイドボードに置いてあった目覚まし時計がけたたましく鳴り始める。

夢だ。全部、夢だった。大きく息をつき、掌を叩きつけるようにして目覚まし時計を止める。残響が、部屋の隅にこびりついて消えない。

うわあああ、と頭を抱えて、うな垂《だ》れた。あと一秒、悪夢が長かったら、子供みたいに泣きじゃくっていたと思う。

◇　　◇　　◇

「未谷さんは学生時代にどうして広告業界を志望したんですか」

狭い部屋に響いた低い声に、千晴は鼻から息を吸って、口からゆっくり吐《は》き出した。

「広告業界の役目は、広告を通してさまざまな商品やサービスの良さを伝え、多くの人の生活を豊かにするものだと思います。その点に魅力を感じて広告業界を志望しました」

確かに、面接ではそう話した。およそ四年前、リクルートスーツに身を包んだ未谷千晴は、一之宮企画の人事部員の前で、こうやって志望動機を語った。

「一之宮企画を希望したのはどうしてですか」

「業界最大手でもあり、取引先の種類も数も膨大《ぼうだい》です。さまざまな業界の、さまざまな商品の良さを発信する仕事ができると思いました。営業企画部はその中でも業務の要となる部署で、学生時代からゼミや課外活動の取りまとめをすることが多かったので、そういった経験や得意分野を活かせると思ったからです」

本当にそうだったのだろうか。学生時代、「絶対に広告業界に行きたい」と思っていたわけじゃない。現に他の業界だってたくさん受けた。内定をもらったいくつかの会社のうち、一之宮企画が一番大きな会社だったから、内定承諾書《しょうだくしょ》にサインした。

「ジーヴスでの業務は、我が社の商品の良さを広くＰＲすることです。一之宮企画のようにさまざまな商品やサービスの広告を作ることはできません。それでもよろしいですか？」

「はい、もちろんです。母がアパレルの販売員をしていたこともあって、ジーヴスの名前は子供の頃から親しみがありますし、ここ数年精力的に展開されている若者向けブランドの服は、私もよく購入しています。若者向けのブランディング戦略は一之宮企画時代にも携わったので、必ずお役に立てると思います」

大企業に行きたかったの？　違う。半分、違う。確かに、一之宮企画はみんなが「凄いね」と言ってくれる大きな会社だった。でもそれ以上に、多分、きっと、必要とされたかった。うちの会社には貴方が必要なんだと、誰かに言ってほしかった。だから頑張って就活した。大企業から内定をもらえたら、それだけ自分が必要とされているように思えた。自分という人間に、誰かが保証書をつけてくれたみたいだった。

「面接は以上になります。結果は後日、シェパード・キャリアさんを通してお伝えします」

面接官の素っ気ない言葉に、千晴は深々と頭を下げた。目の前のテーブルに、自分の顔がぼんやり映り込む。端っこに、天然石のように妖《あや》しく光る杖が立てかけられている。

「はい、ありがとうございます」

立ち上がって、最後にもう一度深く礼をして、千晴は退出した。廊下《ろうか》に出た途端に溜め息をついてしまい、その場に立ち尽くした。

「……必要じゃなかったんだよ」

必要とされているんだと思っていた。必要とされているからこんなに忙しいんだ。必要だから、期待されているから、上司はこんなに自分に厳《きび》しいんだ。必要とされていない人間には、楽しいことも辛《つら》いことも降りかからない。

たった今出てきた部屋から、「どうぞ」と声が聞こえる。千晴は再びドアを開けた。

「就活生だったらあれで百点なんですけどね」

ドアを閉めきらないうちに、来栖が嫌味っぽく言ってくる。どうやら、模擬《もぎ》面接はイマイチな出来だったようだ。千晴自身あまり手応《てごた》えを感じなかったのだから、無理もない。

「まず、具体性がない。社会人経験のない学生ならともかく、中途採用の面接では前職での実績を如何《いか》にアピールするかが勝負です。前職での仕事内容はもっと突っ込んで話した方が、相手も聞きがいがあると思いますよ」

あんたの受け答えはつまらないんだよ、と暗に言われ、千晴は肩を落とした。面談ブースと違い、模擬面接用の小部屋は窓もなく息苦しい。

「すみません、笑顔で話す自信がなかったので」

高校生に人気のアイドルグループを起用して作ったスナック菓子のテレビCM——芸能事務所や映像制作会社のスケジュール調整に連日手こずっていたら、竹原に「フィックスするまで帰るな」と言われた。あのときはちょうど、第一営業企画部恒例《こうれい》の夏のバーベキュー大会の準備も任されていて、結局三日ほど家に帰れなかった。

ロングセラーのスポーツドリンクを若者向けにリニューアルしたプロジェクト——パッケージデザインの完成後に飲料メーカーが突然「これではダメだ」とリテイクを出し、担当した有名デザイナーがヘソを曲げた。竹原に「土下座《どげざ》でもなんでもして修正させろ。デザイナーがやるって言うまで帰ってこなくていいから」と背中を小突《こづ》かれてオフィスを追い出された。

スーツメーカーとコスメブランドがコラボした女子大生向けの就活イベント——当初コラボを予定していたスーツメーカーの担当者がイベントに後ろ向きで、「別のメーカーにした方がいいかもしれない」と竹原に提案したら、「大学はその会社が来るならやるって言ってんだからなんとかしろ」と怒鳴られた。結局、同等の知名度を誇るメーカーが手を上げたら事態はころっと動いた。

「確かに私が携わった仕事ですし、私が進行管理をしました」

自分の実績と言おうと思えば、言える。でも、「これが私の前職の成果です」と胸を張ることが、どうしてもできなかった。あんなに頑張ったのに。自分のベッドでゆっくり寝ることも、同僚と息抜きにランチに行ったり飲みに行ったりするのも我慢して、怒鳴られるのも我慢して、頑張ったはずなのに。

「ただ、その過程で本当にいろいろなことがあって、私は、私がやって来たことを誇ることができません」

実績らしいものがどれだけ積み上がっても、自分の仕事に胸を張れない。おかしい。一之宮企画から内定が出たとき、私はもっと輝かしい社会人生活を思い描いたはずだ。

言いづらいことを精一杯言ったつもりなのに、来栖の反応は薄かった。「そうですか」と短く切り捨て、模擬面接中にずっと彼の傍《かたわ》らに置いてあったビデオカメラに手を伸ばす。面接の様子を客観的に見るために、千晴の受け答えを録画していたのだ。

「自分がやって来た仕事が好きになれません、ですか」

カメラをパソコンに繋《つな》いだ来栖が、パソコンをくるりと回して画面を千晴に見せてくる。

「まさにそんな顔をしてましたよ、未谷さん」

映像で見る自分の姿は、思っていたより酷かった。画面の中の未谷千晴は、一之宮企画で働いていたときのように、誰かに気に入られようと、役に立つ人間だと思ってもらおうと、必要とされようと、必死だった。ところどころ言い淀《よど》んで、苦しそうに口から息を吸う。まるで泥の中を泳いでいるようで、堪《たま》らず顔を背《そむ》けてしまった。

「未谷さん、最初の面談のときに、高望みはしない、どんな業界でもどんな会社でもいいから働きたい、と言いましたね。それは貴方の本心ですか」

特別にやりたいことがあるわけでも、誰にも負けない特技があるわけでもない。「あんたは器用貧乏なところがあるからねえ」と、幼い頃から母に苦笑《にがわら》いされてきた。学校の成績はよかったけれど、そんなものは社会に出たらたいして役に立たないと気づくくらいには、ものわかりだってよかった。

だから、せめて、必要とされたかった。

「本心です。私は、私を必要としてくれるところで働きたいです」

未谷は、俺等の中で一番仕事できるからさ。だから竹原部長も、お前のこと頼りにして、期待してるんだよ。

同期のそんな言葉を心の片隅でよりどころにしていたし、機嫌のいい竹原がごく希《まれ》に「新人はまだまだ使い物にならないけど、お前はその中でもちょっとはマシだな」と口にするのを、嬉しいと思っていた。

でも、千晴が昨年末に会社で倒れたとき――病院で過労と診断され、一週間ほど入院したとき、竹原は一度も見舞いに来なかった。それどころか立て続けにメールで進行中のプロジェクトの状況を問い合わせてきた。普段の高圧的な態度が嘘みたいに、事務的な文面だった。

ああ、そうか。全然、必要じゃなかったんだ。都合《つごう》良く動いて、都合良く八つ当たりしたり偉ぶったりマウントを取れる人間にすぎなかったんだ。

そう気づいたら、退院後、家から出られなくなった。そのまま年を越し、お正月休みが明けても出社できず、退職願を書いた。

膝に置いた両手をぼんやり眺めていた。そんな千晴のつむじに笑い声が当たる。千晴を馬鹿にするような、哀《あわ》れむような、乾いた笑い声。つむじで砕《くだ》けて、千晴の手の甲に落ちてくる。

この人、この流れで、笑うの？

「必要とされる場所で働きたいんですか？　そうやって、自分の価値を他人の価値観に委《ゆだ》ねるから、ブラック企業で扱《こ》き使われて壊《こわ》れたら捨てられるんですよ。自分の価値くらい、自分の価値観で測ったらどうです？」

来栖は笑い続けていた。口角《こうかく》を上げて、肩を揺らして、笑っている。この人がこんなに笑うのを初めて見た。魔王は笑っていてもどこか偉そうで、笑いながら千晴を品定《しなさだ》めしているみたいだった。

「要するに、貴方はジーヴスで働きたいわけじゃない。僕が紹介した求人の中で、一番大きな会社で、条件がよかったから。僕が『未谷さんの経歴は先方にとって魅力的だ』って言ったから。あとは、ご両親や叔母さんが『いい会社に決まったね、よくやったね』と言ってくれそうだから。書類選考を難なく通過したから。だから行きたい。そうでしょう？」

そうだ。その通りだ。

「転職先がブラックかどうかなんて関係ないですよ。今の貴方はどこに行ったって、遅かれ早かれ前と同じ目に遭《あ》います。誰かから必要とされれば未谷さんは家畜のように従順に働き、その人が与えてくれる価値観を丸呑みにして、壊れるまで働きます。運良く壊れないで定年を迎えられたら幸せじゃないですかね」

血の気が引くような恐ろしいことを、魔王は笑いながら語った。お前は一生このまま。どこへ行ってもこのまま。楽しそうに繰り返した。

もし、運良くジーヴス・デザインに入社できても、私はずっとずっと、こんな自分で仕事を続けるんだろうか。この仕事にはやり甲斐がある。やり甲斐を感じて頑張ることが会社における《正しさ》だから。誰かに必要とされるために、失望されないように、誰かのために走り回るんだろうか。

「未谷さん、貴方は、どうしてそんな風になっちゃったんですか？」

「そんなの、こっちが聞きたいですよ」

口の中で火花が散るような、不思議な感覚がした。

「別に、特別な特技があったわけでも、他の人とは違う特殊な経験をしてきたわけでもないです。親がとても厳しかったとか、学生時代とても嫌な目に遭ったとか、そんなんじゃないんです。普通に生きてきて、普通に社会人になりたかっただけなんです。なのに、なれなかったんです」

思えば、自分の未来が明るいと思えていたのは、一体いつまでだっただろう。一之宮企画から内定が出たときは、走りたくなるのを堪《こら》えながら、足取り軽く帰宅したのをよく覚えている。背中から羽が生えたみたいに、気分が高揚《こうよう》していた。

社会人になって、羽が一枚一枚もがれていって、それでも飛んでいるふりをしていたら、いつの間にか墜落《ついらく》した。周りの人間が普通に上《のぼ》っている階段から転がり落ちて振り出しに——いや、もっともっと下の方まで沈んでしまった。

「貴方の人生、それでいいんですか？」

テーブルに頬杖をついた来栖が、千晴を見る。視線が一ミリとて揺るがない。どこか青みを帯びた黒目が、千晴を捉《とら》えて放さない。

ぽたり、と左手に何かが落ちた。小さな雫《しずく》が一滴、手の甲に沿って流れていく。自分の頬に一筋、涙のあとができていた。涙はそれ以上続かない。一滴だけ。一滴だけだった。

「……あの」

頬を指先で擦《こす》りながら、千晴はやっとのことで声を上げた。擦《かす》れ声はまるで子犬が飼い主を呼ぶようだった。

「私は、どうすればいいんでしょうか」

聞く相手を間違っている、と思った。父とか、母とか、洋子とか、悩みを打ち明ける相手はいくらでもいるのに、どうしてこの人なんだ。こんな、泣いている女性を前にして眉一つ動かさない男なんだ。

「そんなこと自分で決めてください。大人なんですから」

ほら、こんな人情の欠片《かけら》もないことを言う。

「……そうですよね」

でも、悔《くや》しいけれど、彼の言う通りだ。自分で決めなければ、一之宮企画が、第一営業企画部が、竹原が、この転職の魔王様に置き換わるだけだ。

「すみません」

ずずっと洟《はな》を啜《すす》って、千晴は深呼吸をした。ゆっくりと息を整えると、喉の奥の震《ふる》えが収まっていった。

「どんな会社でどんな仕事がしたいのか、私には自分の人生のビジョンがありません。こんな状態で面接を受けるのは誠意に欠けると思うので、ジーヴス・デザインの選考は、辞退させてください」

腹の底に力を入れて、なんとか言いきった。来栖はすぐに「わかりました」と頷《うなず》く。仕事は片付いた、という顔で、杖を手に立ち上がった。

「長丁場《ながちょうば》になるかもしれませんが、未谷さんが今後どうなりたいのか、そのビジョンが見えたら、僕がそれに合致する企業を紹介しますし、必ず内定させます。精々頑張《せいぜいがんば》ってください」

果たして、彼は励まそうとしているのだろうか。どうしてもっと言葉を選べないんだろう。それ以上何も言わず部屋を出て行った来栖に、千晴は心の片隅で毒づいた。

◇　◇　◇

「選考辞退しちゃって、姉さん達、怒ってないの？」

台所から土鍋を持ってやって来た洋子は、言葉の割に笑顔だった。ローテーブルの上に置いたＩＨコンロに鍋をセットし、電源を入れる。

「ホントだよぉ……」

大きなビーズクッションに深く座り込んで、千晴は天井を仰いだ。視界の隅に、ブラウンの立派なキャットツリーと、千晴を見下ろす一匹の白猫が映る。

「休職してから、心配はされても怒られることはなかったのに、久々に面と向かってお説教された」

当然だ。感触のよかった大手アパレルメーカーの選考を辞退してしまったのだから。その上、転職活動は一度休もうと思う、なんて宣言されたら、怒りたくもなる。昨日《きのう》もそれで母と言い合いになってしまい、事情を察した洋子が夕食に誘ってくれた。

春キャベツと豚肉の薄切りをミルフィーユのように幾層にも重ねた鍋から、次第にぐつぐつと音が聞こえ始める。食べ物の匂いを察知して、白猫がキャットツリーから舞い降りた。

「タピオカ、あんたは自分のカリカリがあるでしょう」

洋子が声をかけると、猫はものわかりよくキャットツリーに戻っていった。洋子はこの2LDKのマンションで、タピオカという白猫と一緒に暮らしている。昼間一匹にしておくのは可《か》哀想《わいそう》だからと、毎朝タピオカを連れて出勤するくらいだ。シェパード・キャリアではコーポレートキャットとして活躍しているらしい。耳から尻尾《しっぽ》の先まで、凜とした雰囲気をまとった美人な雌猫《めすねこ》だ。

「タピオカ、相変わらずものわかりいいね。拾ったの私なのに、あんまり懐《なつ》いてくれないけど」

「クールな性格だからね、この子」

タピオカを拾ったのは、就職活動をしていた頃だ。大学の隅っこに猫が五匹捨てられているのを見つけた。タピオカだけもらい手が見つからず困っていたら、洋子が引き取ってくれることになった。白い毛と色素の薄い目がココナッツミルクに浮かぶタピオカみたいだと思って、千晴がタピオカと名付けた。

「そろそろ食べていいかな。キャベツが柔らかくて美味《おい》しそう」

洋子がキャベツと豚肉を小皿によそい、千晴の前に置く。黄金色《こがねいろ》に透《す》き通るスープから、醬油《しょうゆ》と鰹出汁《かつおだし》のいい香りがした。

「はい、ビール飲む。ご飯食べる。これで大抵の悩みは一時的に吹き飛ぶ」

差し出された缶ビールを開け、乾杯して、思いきって半分ほど飲んだ。荒々しい喉ごしは、喉元に滞留していた何かを根こそぎ洗い流してくれるみたいだった。

「悩みをビールで一瞬忘れたところで、千晴、これからどうするの?」

本当に一瞬しか忘れさせてもらえなかった。もしかして、母から洋子に「千晴に何かアドバイスしてあげて」と根回しでもあったのだろうか。

「とりあえず、バイトでもしようかな。大学のとき、塾講師のバイトしかしてなかったし。やったことないタイプの仕事、やってみようかなと思って」

あの塾講師のバイトだって、高校生の頃に通っていた塾の先生に「人手が足りないからやってくれない?」と頼まれたのが始めたきっかけだった。求められるまま、いつの間にかシフトの取りまとめや、新人の指導係まで担《にな》っていた。

「頼り甲斐があったわけじゃなくて、断らないからちょうどよかったんだよね、きっと」

千晴が突然話し出しても、洋子は何も言わなかった。キャベツと豚肉を咀嚼し、ビールを飲み、ときどきタピオカに視線をやる。

「頼られたり必要とされたりすることに一生懸命《けんめい》に応えて、自分のことなんて考えないで生きてきちゃったんだ。もう大人なんだし、そのへんのこと、自分でちゃんと考えないとね」

「あはは、だいぶ来栖の言動に影響された感じだ」

「そんなこと自分で決めてください」と言い放った彼を思い出して、千晴はうなり声を上げた。そのまま、渋々首を縦に振る。

「あんたがジーヴスを辞退するって決めた日の夜、来栖が直々《じきじき》に謝《あやま》ってきたよ。姪っ子さんが大手企業に再就職するチャンスをみすみす逃すのを手助けしました、って」

あー、もう、どうして、そんな言い方しかできないんだ。チャンスをみすみす逃したのは重々《じゅうじゅう》承知している。承知した上で、それでも手放した方が幸せになれると信じたのに。

「でも、『あの人の人生はもう少しマシなものになりますよ』だってさ」

洋子を前にした来栖が、口角を緩やかに上げるのが目に浮かぶ。千晴を哀れむような、取って付けたような薄い笑みだ。

渋い顔をする姪っ子がそんなに面白《おもしろ》いのか、けらけらと笑いながら洋子は二本目の缶ビールを開けた。

「ねえ千晴！　叔母さん、いいこと考えたんだけど」

ビーズクッションを枕代わりにうたた寝を始めた洋子が突然叫んだのは、千晴が台所で土鍋を洗っているときだった。

◇　◇　◇

就活生が闊歩していた街は、四月に入ると新入社員達の姿の方が目立つようになった。

果たして私は、何に見えるのだろう。新宿駅で下車し、都庁方面に向かって歩きながら千晴は思った。街路樹の植えられた広い歩道を歩く人々の姿は、年齢も雰囲気《ふんいき》もさまざまだ。ゆったり歩く人もいれば、忙しなく早歩きで行く人もいる。笑顔の人もいれば、険《けわ》しい顔の人、無表情の人、音楽を聴いている人、アイスコーヒーを飲みながら歩く人……いろんな人がいる。

前方の歩行者用の信号が点滅し始め、千晴の側にいた人が走り出した。釣られて、千晴も走った。横断歩道の白線が春の日差しを反射して眩《まぶ》しい。

目的のビルの前に立ち、千晴は自分の頬を両手でぐにぐにと揉《も》んで、口元を持ち上げた。ガラス張りのビルに空の色が映り込んでいる。その背後に真っ青な空が広がっている。雲もほんのり青く染まっている。

「よし、よーし、よし」

自分に向かって何度も何度も頷いて、千晴は再び歩き出した。ビルに足を踏み入れる。天井の高いエントランスホール。エレベーターの一つがちょうど一階に下りてきた。十二階に上がる。エレベーター内の鏡には、グレーのスーツを着た自分。ちょっと猫背になっていて、慌てて背筋を伸ばした。

十二階に到着する。明るいエントランスに、「シェパード・キャリア」という木製の看板が掲げられている。羊飼いが使うフックをあしらったロゴマークが、春の白っぽい日差しに照らされていた。

ドアを開け、奥のオフィスへ向かう。おろしたてのスーツのような香りが強くなっていく。働く人の熱気が近づいてくる。

自然と、足が重たくなる。それでも足を無理矢理前に出す。そうすれば体は進んでいく。

「お、おはようございます！」

　第一声を噛んでしまったことを後悔《こうかい》しながら、千晴はオフィスに向かって一礼した。洋子の声がした。「今日から一緒に働くうちの可愛い姪っ子でーす！」と、千晴を指さす。控え目な拍手が聞こえてきて、千晴はゆっくり顔を上げた。

「今日からお世話になります。未谷千晴です。よろしくお願いします！」

　シェパード・キャリア。ここ、西新宿に本社があり、大阪と福岡にも支社がある。全従業員数は百二十人。ぎりぎり大企業に入るくらいの規模。二十年以上の歴史がある転職エージェント。業務内容は、仕事を求める人に最適な求人を紹介し、就職をサポートすること。

　千晴は、今日からこの会社の見習いキャリアアドバイザーになる。「バイトをするくらいなら」と、洋子の発案で働くことになった。試用期間は一年。完全なるコネ入社だ。

　ここで働きながら、転職者をサポートしながら、自分の今後を考えてみたら。洋子にも、両親にも、そう言われた。

　大きな窓のおかげでオフィスは明るかった。面談ブースと同じ、青色を基調とした清潔感のある空間で、社員達がこちらに向かって拍手をしている。

　唯一《ゆいいつ》、拍手をしない人がいた。窓に背を預けるようにして立つその人の手には、木製の一本杖がある。

　杖がゆるりと動き、千晴に歩み寄ってくる。千晴の目の前に立った彼は、初めて会ったときと同じ顔をしていた。

こんな自分が、シェパード・キャリアで働いていいのだろうか。洋子の提案から入社までの数週間、ずっと考えていた。自分探しのためにとりあえず働くなんて、どう考えたって不誠実だし、コネ入社だし、他の社員からはいい目では見られないはずだ。

でも、この人だけは、不敵《ふてき》に笑いながら「精々頑張ってください」と言うのだろうと思った。

「よかったね。これで税金払えるよ」

転職の魔王様の異名を持つ男は、例に漏れず淡々とした声色で投げかけてきた。懐《ふところ》から取り出したネームホルダーを、無言で千晴に差し出す。見覚えのあるデザインの社員証には、千晴の名前と顔写真が印刷されていた。

「シェパード・キャリアへようこそ。自分探しとやら、精々頑張って」

それだけ言って、もといた場所に戻って行こうとする。わかってはいたけれど、それでも「精々」は余計だろ。肩を竦《すく》めそうになったとき、おもむろに来栖嵐は振り返った。

「そうそう。未谷さんの教育係、俺だから」

今日の天気の話でもするみたいに軽やかに、淡々と言い放つ。「え?」と声を上げた千晴に対し、来栖が肩を揺らした。どうやら笑ったようだ。どんな顔で笑ったのかは、窓から差す春の日差しが逆光になってよく見えなかった。

太陽に照らされた彼の髪が、白く光っていた。

第二話

周りが転職するから焦って自分も、ですか

三十二歳／女性／派遣社員 文具メーカー 事務職

宇佐美由夏

トイレのゴミ箱がいっぱいになっていて、トイレットペーパーのストックも切れていた。

「誰だ、今日の掃除《そうじ》当番」

聞いても答える人はいない。仕方なく、宇佐美由夏《うさみゆか》はゴミ袋を新しいものに取り替え、トイレットペーパーを補充した。

トイレを出たところで、同じ部署《ぶしょ》の村松愛《あい》と鉢合《はちあ》わせる。さり気なく見えて実は手間が掛かりそうなゆるふわのポニーテールを見た瞬間、「トイレ掃除当番、この子じゃん」と気づいた。

「あ、宇佐美さん、もう掃除しちゃいました？」

さも今からやろうとしてましたという口振りで「すみません！」と謝《あやま》ってくる。そもそも当番はちょっと早めに出社してトイレ掃除をする決まりなのに、もう昼休みだ。

「今日、朝からずーっとお客さん対応で忙しくて。本当、ありがとうございます！」

にこりと笑って、村松はトイレに入っていく。「次の掃除当番、代わります」という言葉を待っていたのだが、ぴしゃりと閉まったドアを前に由夏は溜め息をついた。

あ、大きすぎて村松に聞こえたかもしれない。いや、聞こえてもいいや。あの子が随分《ずいぶん》前に「トイレ掃除くらい派遣《はけん》さんにやってほしい〜」と言っているのを聞いちゃったし。

「七恵《ななえ》ちゃんごめん、トイレのゴミ捨ててた」

オフィスに戻ると、ランチの約束をしていた後輩の中田《なかた》七恵がすでに鞄《かばん》を準備していた。

「あれ、今日のトイレ掃除って……」

七恵の目が、村松の席へ向く。彼女は村松と組んで営業事務をしている。その村松はトイレから戻ってくると、行動予定を書き込むホワイトボードに「昼食・外回り」と書き込んで、軽快にオフィスを出て行った。

由夏は、派遣会社からこのアカツキ文具という文具メーカーに営業事務として派遣されている。営業が取ってきた仕事の見積書や契約書を作ったり、商品の発注や納品の手配をしたり、営業部員を事務仕事でサポートする。

七恵も同じ派遣会社から派遣されていて、由夏より七歳年下の二十五歳だ。歳は離れているが、物静かで口数の少ない彼女と、由夏は意外と気が合った。

会社のビルを出て、徒歩五分のところにあるランチ営業もしている居酒屋に行くことにする。安さが自慢の店で、七恵とはしょっちゅうここで渋いランチをする。

「宇佐美さん、突然なんですけど」

二人分のモツ煮込み定食が運ばれてきたところで、七恵が神妙《しんみょう》な顔で切り出した。彼女がそんな物言いをするのは凄《すご》く珍しい。珍しすぎて、絶対によくない報告をされると直感で思った。

「なに？　見積もりの額、ゼロ一個足りないまま出しちゃったとか？」

「私、転職活動してるんですよ」

とろとろに煮込まれた大根をさあ食べようとしたところで、箸《はし》からぼちゃんと落ちた。汁がお盆に飛んだ。七恵は付け合わせのポテトサラダを口に運びながら「転職活動してるんですよ」と繰り返す。

「それは……一体全体どうして」

「うちら、七月でアカツキ文具の契約満了じゃないですか。いいタイミングだと思って。新卒のときに正社員の内定もらえなくて、とりあえず派遣会社入っただけですし」

「でも七恵ちゃん、仕事早いし、営業からも『若いのに頼りになる』って言われてるし……」

「登録のとき、とりあえず三年働いたら転職しようって決めてたんで。それに、仕事の成果に関係なく雇用期間が過ぎたら切られて、また新しい職場に派遣されて〜って生活、なんか虚《むな》しいなって思っちゃって」

それは、大学を卒業してから十年も派遣社員をやっている由夏に対する当てつけだろうか。純粋に「宇佐美さんの気が知れない」ということだろうか。

虚しさを感じたことがないわけではない。どれだけ仕事を頑張っても、派遣先で人間関係を築いても、契約更新しないと言われたら由夏は従うしかない。また派遣会社から次の職場の紹介があるのをひたすら待つ。由夏の二十代はそういう日々だった。

「あの、七恵ちゃん……ちなみに、転職活動ってどれくらい進んでるの?」

「この間、面接受けました」

「めん、せつ!」

転職サイトを覗《のぞ》いていい会社がないか物色してるレベルだと思ったのに。

「転職エージェント使ったんですよ。だから早くに条件の合う会社が見つかって。面接のスケジュール調整とかもしてくれるんで、結構便利です。仕事しながらだと、学生時代みたいに一社一社調べてられないし」

これはもう、「転職しますんで」という報告じゃないか。

「宇佐美さんはどうするんですか？」

「どうする、って？」

「定年まで派遣で働くつもりなんですか？　あ、別に自分が転職するからマウント取ってるわけじゃなくて、純粋に、宇佐美さんがどういうキャリアを描いてるのか、参考にしたくて」

もっともらしく続けた七恵の言葉は、どうしてだか、由夏の中を素通《すどお》りした。あはは、と笑いながら、ぼんやりと答えた。

「うーん、どうだろう。転職するとしても一般職だろうから、正社員は難しいと思うし」

「宇佐美さん、デザイナーの彼氏いるんですもんね。なら、結婚して派遣かパートで働くとかもありですね」

悪気《わるぎ》なく七恵は言ったのだろうけれど、彼女の発した「なら」「結婚して」「派遣かパート」「ありですね」という言葉に、「私は嫌だけどね」という本音が含まれているような、そんな気がしてしまう。

透《す》き通るほど煮込まれた大根を割り箸で摑み、溜め息を我慢するために一口で食べた。美味《おい》しい。凄く美味しい。味が染みていて柔らかくて、アカツキ文具で働き始めた二年前、初めて食べたときと同じ味。

そう思ったら何故《なぜ》か、後ろから肩をぽんと叩《たた》かれた気がした。「ほら、次は貴方《あなた》の番ですよ」と促《うなが》されたみたいに。

会社に戻ってから、七恵はいつも通り仕事をした。彼女の隣に座る由夏は、たびたびパソコンに触れる手が止まってしまう。

大学時代、就職活動では正社員で事務職を目指していた。あの頃は超買い手市場で、優秀とされる子でもなかなか内定が出なかった。結局内定は出ず、派遣会社に登録した。事務職としていろんな会社を渡り歩いてきた。

仕事にやり甲斐《がい》は……あると思う。営業をサポートしている実感はあるし、感謝もされる。契約更新されず「数年間お疲れ様でした！」と送り出されるのは、ちょっと寂しいけれど。

でも、そもそも《やり甲斐》ってなんだ？　頼られたり感謝されたりするのが、やり甲斐なんだっけ。辞書にそう載ってるんだっけ？

夕方、タイムカードを押した後にトイレで化粧を直していたら、七恵がちょうど入ってきて「彼氏とご飯ですか？」と声をかけられた。

まあね、と答えて、ふと、七恵に聞いてしまった。

「七恵ちゃんが使った転職エージェントって、何て名前なの？」

個室に入ろうとしていた七恵が、「宇佐美さんも転職に興味湧《わ》きました？」と振り返る。何故か口元がうっすらと微笑《ほほえ》んでいた。

「え、掃除当番？」

店内の賑《にぎ》わいで由夏の声が聞き取れなかったらしく、克行《かつゆき》が聞き返してくる。運ばれてきたばかりのペスカトーレを克行の皿に取り分けながら、由夏は少しだけ声を張った。

「トイレ掃除、社員で交代でやることになってるんだけど、村松さんがいつもサボるの」

池袋の繁華街から少しはずれたところにあるこのイタリアンレストランで、仕事帰りによく克行と食事をする。メニューは豊富にあるのだが、いつもピリ辛のペスカトーレと、蜂蜜をかけて食べるクアトロフォルマッジを注文した。「結局いつもこれだよね～」なんて、笑い合いながら。

渋井《しぶい》克行は、アカツキ文具が商品のパッケージデザインを発注している会社のデザイナーだ。一年半前、大手通販会社に依頼されたコンペに参加した際、克行がアートディレクターとしてチームに加わった。アカツキ文具はコンペに無事勝利し、大々的に打ち上げが行われた。「派遣さんもぜひ来てください」と誘われて由夏も打ち上げに参加し、克行と出会った。

克行から「今度ご飯でも」と連絡が来て、二度、三人で食事をした。付き合ってもうすぐ一年半になる。

「今の若い子って、ちゃっかりしてるからなぁ。図々しい子の方が這《は》い上がっていくんだよ。特に営業は」

アカツキ文具に出入りしている克行も、村松のことはよく知っている。真っ赤なピリ辛ソースが絡《から》んだパスタを口に運びながら、克行は笑った。確かに村松の営業成績はいいし、部内でも評価されている。

本当は七恵の転職の話をしたかった。でも、湿っぽい話になりそうで、いざとなると気乗りしない。私達の今後とか、四十歳、五十歳になってからの話とか、老後とか、そんな話に繋《つな》がってしまいそうで。

「でもさあ、村松さんがちゃっかりサボった分、誰かが掃除をしてあげてるわけでしょ？」

アサリ、イカ、エビ。パスタの具をフォークで順番に突き刺し、由夏は肩を竦《すく》めた。

「いや、私もわかるんだけどさ。あの子は外回りで忙しいし、営業が仕事を取ってこないと私の仕事はないわけだし。だからトイレ掃除くらい派遣の私がやったっていいって」

「そうそう。ある意味、営業サポートの一環みたいなもんだろ。うちにも派遣の子いるけど、そういう細々《こまごま》したところで積極的に動いてくれる子の方が評価されるもんね」

評価されたって派遣の私の給料は変わらないんだけどね。なんて、胸の奥で呟《つぶや》いてしまう。それを見透《みす》かしたように、克行は「あ、もしかして」と白ワインを舐《な》めるように飲んだ。

「由夏、単純に感謝されてないのが腹立ってるだけじゃない？」

いたずらっぽく笑う克行に、そういうことなんだろうかと思う。でも、パスタを飲み込むまでの間に、なんとなく、克行が突いたところが図星《ずぼし》のような気がしてきてしまう。

「そうだねえ、せめてもうちょっと感謝してくれればなあ。そういうのって、私から注意した方がいいのかな。でも私の方が年上だし、アラサーのおばさんがネチネチ言ってるって思われたくないしさー」

　そこまで言って、「あれ、三十二歳ってアラサーでいいのかな？」と疑問に思って、克行に聞いた。もう九時近いのに仕事のメールでも来たんだろうか、スマホに視線をやっていた克行は「えぇー」と顔を上げた。

「三十超えたら、潔《いさぎよ》くアラフォーと胸を張った方がよくない？」

「いやいやいや、さすがに三十二でアラウンド40ってのはきついって」

　ていうか、克行も三十二じゃん。そう言ったら、克行は「じゃあ、二人とも潔くアラフォーだ」と歯を覗かせて笑った。

　克行は辛辣《しんらつ》なことをさり気なく言う男で、でも言葉が鋭利《えいり》じゃないというか、ちょっと茶目《ちゃめ》っ気《け》があるというか。こちらを気持ちよくするためだけの甘ったるい言葉を言ってこないのが、逆に信頼できる。

「由夏、いつものあれ食べる？　蜂蜜かけて食べるやつ」

「食べよう食べよう」

　メニューを開くことなく、克行は通りかかった店員にクアトロフォルマッジを注文する。

「俺等も飽《あ》きないよなあ、いつもいつも同じもの食べて」なんて言いながら、克行はワイングラスを空《から》にした。ついでにワインのお代わりも注文した。

　三十二歳になって、将来のことを見据《みす》えて付き合う恋人にはこういう人が相応《ふさわ》しいんだと、そう思う。

明日朝イチで打ち合わせがあるからと言われ、早い時間に克行と別れて帰宅した。高校卒業と同時に上京して、かれこれ十四年住んでいる1Kの部屋。何度か引っ越すタイミングはあったが、「今の部屋に不満はないし、家賃を上げるほど稼《かせ》いでないし」と思い止《とど》まってきた。

風呂に入って、髪を乾かして、深夜のバラエティ番組を見ながらSNSをぼんやり眺めた。公開されたばかりの映画の感想、どこのレストランの熟成肉《じゅくせいにく》が美味しかった、仕事の愚痴《ぐち》……平和な話題がスマホの中を流れて消えていく。

大学を卒業したきり顔を合わせていない知り合いがSNSで「まだまだ三十二歳。もっと自分を磨《みが》いていかなくちゃ」なんて誰へ向けたものなのかわからない宣言をしていて、堪《たま》らず笑ってしまったときだった。

ピロン、と通知音がして、克行からメッセージが届いたのは。

トーク画面を開いて、由夏は息を止めた。

〈本当はさっき話したかったんだけど、突然で申し訳ないと思うんだけど、別れてほしい〉

だけど、だけど、と同じ言葉が続く文章から、文章を練《ね》るより早く報告を済ませてしまいたいという気持ちが、透《す》けて見える。

すぐに返信した。シンプルに〈なんで?〉と。本当は〈どういうこと?〉と聞きたかったけれど、そんなの〈書いてある通りだよ〉と言われておしまいだ。

ベッドに寝転がったまま、返事を待った。メッセージは既読になっている。部屋には、テレビからゲラゲラと笑い声が響いている。耳障《みみざわ》りなのに、リモコンに手を伸ばせない。いつも通りだった。いつものイタリアン。いつものペスカトーレ。いつものクアトロフォルマッジ。全部いつも通りだったのに。

チーズがたっぷりのったピザに蜂蜜をかけて、「チーズがちょっとしょっぱいのがいいよな」なんて言いながら、別れを切り出そうとしていたんだろうか。駅の改札で手を振りながら「あーあ、言い出せなかったな」なんて思ったんだろうか。

ピロン、と、素《そ》っ気《け》ない音が掌《てのひら》で響く。

〈俺達、もう三十二だろ？　お互い、付き合う相手とは結婚やその先のことも考えていく頃だと思うんだ〉

私は考えてたよ。克行と結婚するのもいいかなと……きっと結婚するんだろうなと、思ってたよ。仰向《あおむ》けになってスマホを見上げたまま、由夏はゆっくりキーボードに指先で触れた。

〈それは要するに、私とはそういう未来が描けないと、そういうことですか？〉

妙に嫌味っぽい文章になってしまった。咄嗟《とっさ》に、いつも使っている狸《たぬき》が「？」を浮かべているスタンプを送った。送った直後に、何やってるんだろうと思った。

克行は、間を置かずに返信してきた。

〈そうだな。ごめん。人生って一度きりじゃん。だからさ、妥協《だきよう》したくないだろ？〉

妥協。私と結婚することは妥協か、おい。一年半付き合って、この女と結婚して一緒に生きていくのは妥協することだと、そう思ったっていうの。

電話をかけたが、出てもらえなかった。〈直接話そうよ〉とメッセージを送ったけれど、既読がついたきり返信を寄こさない。

こういうとき、普通、どうするんだろう。三十二歳、独身、女、派遣社員は、どうすればいい。考えているうちにバラエティ番組は終わっていた。通販番組が始まる。しぶとい脂肪もしっかり落とすダイエット器具。エステのような仕上がりの脱毛マシン。最近すっかり見かけなくなった女性タレントが「まあ、すごい！」と甲高《かんだか》い声を上げている。

スマホをテレビに向かって投げそうになって、ベッドに放り投げた。マットレスに跳《は》ねて床に落ちた。

「あああ～……嘘ぉ……」

顔を両手で覆《おお》った。失恋なんて甘くて可愛《かわい》くて爽《さわ》やかなものじゃない。思い描いていた未来のはしごを外《はず》された憤《いきどお》りと苛立《いらだ》ちがどっと押し寄せてきた。

「いや、妥協したくないって……酷《ひど》くない？」

天井《てんじょう》を見上げた。十八歳からずっと、毎晩見上げてきた白い天井を。そこに、克行と一緒に七恵の顔が浮かんだ。あの子も、派遣社員として働き続ける自分に未来を思い描けなくなったから、転職するんだろう。なんだよ、もう。二人とも、勝手に自分の未来に向かって走り出しちゃって。未来が見えないのなんて、こっちも一緒だっつーの。

さっきまで、あったはずなのに。派遣社員としてそこそこ稼いで、克行と数年以内に結婚して……そこそこ上手《うま》いこと人生は進んでいくと思っていた。贅沢《ぜいたく》でもなく、かといって貧乏でもなく、ほどほどの人生が待っていると。その《ほどほど》をそれなりに歓迎していた。

スマホで婚活サイトを検索して開いてみた。スマホの小さな画面から甘い香りが溢《あふ》れ出て来るみたいで、すぐ嫌になった。

次に、転職サイトを検索した。運営会社は違うはずなのに、どのサイトも同じに見えた。「転職で貴方の未来が開けるよ！」と叫びながら強力なボディーブローをかましてくる感じが、どこも一緒だ。

ブルーライトが眼に痛い。七恵は、これを見て心が躍《おど》ったんだろうか。自分の未来がここにあると思ったんだろうか。

彼女が転職エージェントを使っていると言っていたのを思い出し、また検索してみる。結果は同じだった。一体この検索結果の一覧のどこに、自分の未来を見つければいいのか。

誰か教えてほしい。私みたいな人間はどのサイトを、エージェントを使うのがいいよと。

一覧の中に、今日の夕方に七恵から聞いた転職エージェントの名前を見つけた。名前をタップすると、すぐにホームページに飛ぶ。会員登録のフォームが表示される。

通販番組は、今度は美容師も太鼓判《たいこばん》を押すヘアアイロンの紹介をしていた。

由夏はそのまま、転職エージェントに会員登録した。どうだ、見たか。誰もいない部屋で、そう思った。克行に対してが八割……いや九割。残りの一割は、多分、七恵に。

けれど、「登録完了」という表示に、すぐに後悔《こうかい》した。別に、そこまで転職を強く希望しているわけでもないのにな、と。

翌日、転職エージェントからメールが届いた。キャリアアドバイザーと転職について面談をする必要があるから、スケジュールを教えてほしい、とのことだった。

このメールを無視しておけば、終わる話だった。なのに、由夏は返事を打った。

送信ボタンを押してから、やっぱりちょっと後悔した。

未谷千晴

「そんな一言一句メモ取らなくても大丈夫《だいじょうぶ》だよ」

手帳にびっしりとミーティングの内容を書き留めていたら、隣に座っていた女性にそっと耳打ちされた。ＣＡ《キャリアアドバイザー》の広沢英里香《ひろさわえりか》だ。千晴《ちはる》が初めてシェパード・キャリアに面談に来たとき、コーヒーを運んできてくれた。平均的な身長の千晴より頭一つ分背が低い。丸顔の童顔《どうがん》は、初対面のときは大学生のアルバイトかと思った。本当は千晴より八歳年上の三十四歳だ。

「いえ、他の求職者の事例も知っておきたくて」

自分は入社三日目のド新人で、しかも社長のコネ入社なのだ。それ以上に、上司が話していることはすべてメモを取らないと気が済まない、というのが本音《ほんね》なのだけれど。

無意識に、会議室の上座《かみざ》にいる来栖《くるす》を見てしまった。ノートパソコンの画面に視線を落としながら、彼は近くに座るＣＡの話を無表情で聞いていた。

シェパード・キャリアの東京本社には二十五名のＣＡがいて、三つの班に分かれている。その一つの班のリーダーが来栖で、広沢も千晴も来栖班の一員だ。ＣＡは週に一度、班ごとに定期ミーティングを開き、担当する求職者の内定状況を共有し、情報交換を適宜《てきぎ》行う。

「未谷《ひつじたに》、勉強熱心だよねえ」

感心した様子でテーブルに頬杖《ほおづえ》をついた広沢に、報告の順番が回ってくる。来栖に「次、広沢」と指名された彼女は、ミーティングに似合わない間の抜けた返事をして自分のタブレットに指を走らせた。

「昨日、三十五歳、ＯＡ機器メーカー勤務の男性と面談しました。ペーパーレス化やリモートワーク推奨《すいしょう》の影響で、業界全体の先細りを感じて転職を考えているようです。四十代の先輩社員と自分の給料が大差ないとか」

「五年後に四十になった自分はあんな感じか、って先輩を見て絶望した、ってところか」

来栖の反応は、誰がどんな求職者の報告をしても同じだった。感情の起伏《きふく》がないというか、心が動いていないのが聞いていてわかるというか。

「私が面談してるだけでも、ここのところ似たような業界から同じ理由で転職を希望する二十代、三十代が増えている印象なので、ちょっと注意してリサーチしておこうかなと」

転職エージェントには多種多様な業界から求職者が集まる。企業から集まる求人票だってさまざまだ。当然、一人のＣＡが、膨大《ぼうだい》な業種・職種に目を光らせる必要がある。薬品メーカーを希望する求職者を面談したと思ったら、五分後にはアミューズメント業界を希望する求職者と面談する、なんてことだってある。

ＣＡは自分と近い年齢の求職者を担当することが多い。だから転職が盛んな上、異業種間の転職も多い二十代、三十代に対応するためには幅広い業界知識を身につけておく必要があると、入社初日に来栖に教えられた。

「斜陽《しゃよう》と呼ばれていても業界全体が泥船《どろぶね》ってわけでもないし、経験を活《い》かせる同業他社に移るか全く別の業界に行くかどうかは、本人次第だな」

話をまとめた来栖の視線が広沢の隣にいた千晴を素通りし、次のＣＡに報告を促す。ホッと息をついて、眼鏡《めがね》の位置を直した。まだ求職者と面談すらしたことがないから、指名されたところで報告できることなど何もない。ミーティングで次から次へとよく知りもしない業界の話が飛び出すから、話についていくのがやっとだった。

「多忙で、好きなバンドのライブに行けないから転職したい、という二十六歳の求職者に対応中です」

隣に座る男性ＣＡの発言に、「え？」と声を上げそうになる。自分と同い年だったから余計《よけい》だ。他のＣＡ達は特に反応を示さないから、珍しいことでもないらしい。

「転職の目的がはっきりしてていいな。有休の取りやすいところを探してやってくれ」

発言したＣＡが「了解でーす」と返事をし、来栖班全員の報告が終わる。

「それじゃあ、引き続きよろしく頼む」

来栖の一声に、誰よりも早く席を立った千晴は会議室のドアを開け、退室するＣＡ達に「お疲れ様です」と頭を下げた。皆、驚きつつも「ありがとう」と返してくれた。

会議室のテーブルを拭くために給湯室から濡《ぬ》れ布巾《ふきん》を取ってくると、来栖はまだ椅子に座ったままだった。

「初ミーティング、どうだった？」

「凄く勉強になりました」

その場で気をつけして頷《うなず》く千晴に、来栖は怪訝《けげん》な顔をした。野良犬が家の庭に迷い込んできたのを見つけたような、そんな顔。

「へえ、どのへんが？」

唇の端《はし》っこだけで笑って、彼は聞いてくる。これは試されている。下手《へた》なことを言えないと思ったら、途端《とたん》に息が苦しくなった。

「業界の展望や会社の業績をしっかり分析して転職を考える人もいれば、バンドのライブに行きたいから程度の理由で転職を考える人もいて、求職者もいろいろなんだなと思いました」

「なるほど」

自分の答えは果たして正解だったのか、不正解だったのか。採点すらしてくれないまま、来栖は席を立った。

「十一時に面談が入ってる。同席して」

十一時にやって来た求職者は、宇佐美由夏という三十二歳の女性だった。紺色のスカートに同じ色味のジャケット。髪もオーソドックスに低い位置で一つ結びにして、このまま企業の面接にだって行けそうな格好《かっこう》だ。

面談ブースで名刺交換をし、来栖は宇佐美に座るように促した。ホットコーヒーをテーブルに置いた千晴に、彼女は「ありがとうございます」と会釈《えしゃく》してくる。

その瞬間、着席した来栖が言い放った。

「未経験業界に行けるのは二十五歳まで、三十五歳が転職限界年齢なんて言われています。ちなみに、女性の場合は三十歳が転職限界年齢だと言う人もいます」

彼の手元には宇佐美の履歴書《りれきしょ》がある。来栖はそれに視線を落としたまま、普段通り淡々とした口調《くちょう》で続けた。

うわあ、早速出た。自己紹介の次に出た。ホットコーヒーののったトレイを取り落としそうになりながら、千晴は「く、来栖さん」と思わず声に出した。それに被《かぶ》さるように、宇佐美が「それって……」と来栖を見る。

「それって、性差別ってやつじゃないんですか?」

はっきりと眉《まゆ》を寄せて、宇佐美が聞く。千晴も「そうですよね」と強く頷いた。言わずにはいられなかった。

「未谷さん、とりあえず座ってくれる?」

視線すら寄こさず言われ、反射的に千晴は来栖の隣に腰を下ろした。「彼女、入社したばかりでまだ見習いなんです」なんて、来栖が涼《すず》しい顔で説明する。求職者相手なのだから笑顔の一つも浮かべればいいのに、来栖はくすりとも笑わない。

「じゃあ、私はちょうど、転職限界年齢のボーダーライン上にいるってことなんですね」

コーヒーに口を付けることなく、宇佐美はどんどん能面《のうめん》のような表情になっていく。わかる。二ヶ月ほど前、千晴も宇佐美と同じ立場だったから。どれほど来栖の言葉が堪《こた》えるか、よーくわかる。

かといって、仕事を始めて一週間もたってない自分は、求職者にかける言葉を持ってない。

「求職者がどんな人だろうと、僕はこの話をするようにしているんです。転職の第一歩は、己《おのれ》と、己の置かれた状況を知ることから始まりますから」

千晴と面談したときと同じ言葉で前置きを済まし、来栖は千晴が淹《い》れたコーヒーを飲んだ。

宇佐美もぎこちない動きで紙コップに手を伸ばす。

「宇佐美さんは派遣社員として十年勤務されたんですね」

宇佐美がコーヒーに口を付けた瞬間、来栖は切り出した。せめてコーヒーを飲んで落ち着くまで待ってやればいいものを。

「はい。主な業務内容は……」

「転職をしようと思った理由はなんですか？」

また、宇佐美の言葉尻にのっかるように来栖が質問する。この男、わざとやっている。わざと相手の言葉を奪《うば》い、一息つこうとするのを遮《さえぎ》って、自分のペースに巻き込んでいる。案《あん》の定《じょう》、宇佐美は話しづらそうに口をひん曲げた。

「同じ派遣会社の同僚が、正社員になりたいと転職活動をしているんです」

「ああ、周りが転職するから焦《あせ》って自分も、ですか」

いやいや、言い方。喉《のど》まで出かかった言葉を呑《の》み込み、ひたすら笑顔を作った。この人はこういう人なのですと、表情でなんとか宇佐美に伝える。宇佐美は啞然《あぜん》とした様子で来栖と千晴を交互に見ていた。

「確かに、きっかけは同僚が転職活動し始めたからです。でも、私はずっと派遣社員で、転職に活かせるような実績も特にないし。私みたいなのが転職できるものなのかどうか、エージェントさんに伺《うかが》ってみたかったというか……」

「それは宇佐美さんの条件次第ですね。僕の仕事は、宇佐美さんが転職先に求める条件にできる限り合致《がっち》する企業を紹介し、マッチングを図ることですから」

話しながら、来栖は手元の書類を捲《めく》った。千晴も同じものをファイルから引っ張り出す。事前に登録されていた宇佐美の職務経歴書《けいれきしょ》だ。備考欄に転職先の希望条件が箇条書きされている。

・商品企画職など。または事務職
・正社員
・年収は現状維持《いじ》を希望（三百万円）
・勤務地は東京都内（可能なら二十三区内）

「商品企画職をご希望なんですか？」

来栖が聞く。質問されているだけなのに、どんどん崖っぷちに追い込まれていく。千晴がそう思うのだから、宇佐美はより生々《なまなま》しく感じているはずだ。

「私、もう三十二歳なので。でも、定年まで三十年以上あるし、老後に二千万円ないと生きていけないなんて聞くと、これからは正社員で、専門性というか、実績を積み重ねていける職種に就《つ》いた方がいいのかなと思って。あ、でも、さっき未経験業界に行けるのは二十五歳までとおっしゃっていたので、難しい場合は全然事務職でもいいと思ってます」

全然事務職でもいい。そんなの「よくない」と言っているようなものじゃないか。でも、来栖はそんなことを指摘《してき》するつもりはないようだった。

「業界にこだわりはないんですか？」

「雇《やと》っていただけるなら。どうしてもここじゃないと嫌だ、というところはないです」

「年収も現状維持で構わないんですか？」

「年収アップを狙うと、転職が難しくなりませんか？」

恐る恐る聞いてきた宇佐美に、「交渉次第ですね」と来栖は言いきる。

「交渉、ですか」

宇佐美の表情からは、自信のなさがこれでもかと滲《にじ》み出ていた。まるで、初めて来栖と面談をしたときの自分だ。ついこの間まで同じ立場だった人間として、何か言うべきなのだろうか。迷っているうちに、来栖が話を進めていってしまう。

今日は平日だ。平日の午前中だ。この人は多分、有休なり半休なりを取って、面談に来ている。その成果がこれか……と思ったら、申し訳なさすぎて宇佐美の顔を見ていられなかった。

「あの、来栖さん」

宇佐美を見送って、千晴はすぐに来栖のもとに駆け戻った。面談ブースの椅子に腰を下ろしたまま、彼は宇佐美の履歴書をじっと見ていた。

「なに？」

ゆっくり顔を上げた来栖は、表情を変えない。

「質問なんですが、初めて転職活動をしようとしている人に、転職限界年齢とか、そういうシビアなことを言っていいものなんでしょうか」

あくまで部下から上司に業務上の質問をする体《てい》で、千晴は聞いた。

「宇佐美さんは多分、派遣社員としていろんな会社で働いてきて、自分のやって来た仕事に自信がないんだと思うんです。三十二歳という年齢もかなり気にしてるように見えました。なので、もし私だったらもっとポジティブな話をすると思うので、よろしければそうしなかった来栖さんの意図《いと》を聞かせていただきたく――」

「ああ、覚悟してたけど、すっげえ面倒臭いな、未谷さん」

怒鳴るでもない、舌打ちをするでもない。普段通りの口調で来栖は千晴を見据えた。

「ホント、初めて見たときから気持ち悪い社畜だなって思ってたけど、俺の機嫌《きげん》を損《そこ》ねないように言いたいことをオブラートに包みまくってるのが丸わかりだから。剝《は》がすのが面倒だからはっきり言って」

　喉元《のどもと》に突然、刃物を突きつけられた気分だった。「いや、でも」と擦《かす》れ声が口から漏《も》れてしまう。

「要するに、『あの人は自分に自信がないんだから、もっと優《やさ》しくしてやったらどうだ』ってことだろ？」

　千晴が入社以来、毎朝早めに出社してピカピカに磨いているテーブルに頬杖をつき、来栖は呆《あき》れ顔で宇佐美が出ていったエントランスの扉を流し見る。

「あんな話をするのは、シェパード・キャリアの中でも俺だけだよ。君の面談のときも言っただろ。転職限界年齢とか、未経験業界に行けるのは何歳までだとか、あんな話は転職活動をしてるうちに自然と耳に入るんだよ。そうしたらどうせ不安になるんだから、先に知っておいた方がいいだろ」

「それにしたって……」

　言いかけた千晴に、来栖が「それにしたって？」とたたみかける。宇佐美の前ではくすりともしなかったのに、わずかに口角《こうかく》が上がった。

「……それにしたって、言い方というものがあるのではないでしょうか」

「そう。じゃあ、次は未谷さんがそうしてやったらいいんじゃないの」

　ふふっと笑い声が聞こえて、千晴は目を瞠《みは》った。笑い声は、確かに来栖のものだった。笑っているくせに、どうしてここまで素っ気ない雰囲気《ふんいき》を作れるのだろう。

「試用期間は、来年の春までたっぷりあるんだし。精々《せいぜい》いろいろ考えてみれば」

椅子から腰を上げた来栖が、書類と空になった紙コップを器用に片手で持って、オフィスに戻っていく。「コップ、片付けます」と条件反射で両手を差し出したら、「自分で片付けるよ、大人なんだから」としかめっ面《つら》をされた。

それどころか、

「つくづく君をジーヴス・デザインに入社させなくてよかったたって思うよ」

自分の判断は正しかったとでも言いたげに、そんなことをこぼす。

「私が気持ち悪い社畜だからですか」

「本当にそうだね。うちを信頼して求人を任せてくれた得意先に、気持ち悪い社畜を送り込まなくてよかったよ」

ううう、と唸《うな》って、千晴は足を止めた。ゆっくりと離れていく来栖の背中をこっそり睨《にら》みつけながら、「気持ち悪い社畜」という言葉に傷ついている自分に気づいた。

社畜なのは、認める。前職で求められたのは、当時の上司が欲したものが、それだったから。社畜であることを、数ヶ月前の自分は誇ってさえいた。ただ「気持ち悪い」という言葉は、やはり余計だと思う。

来栖を千晴の教育係に指名したのは洋子だ。「だって一番自然な流れでしょ？」と彼女は言った。「勉強になることがたくさんあるよ」と。

「ほ、本当かなあ」

大きく肩を落として、千晴は自分の書類と紙コップをのせたトレイを手に、オフィスへ戻った。来栖は何食わぬ顔でパソコンに向かっていた。先ほどの面談が夢か幻だったように思えてしまう。

「未谷ぃ、初面談、どうだった？」

千晴の隣の席に座るＣＡの広沢が、白猫のタピオカを膝《ひざ》の上で撫《な》でながら聞いてくる。

「……いつも通りの来栖さんだった、と思います」

千晴の言い方がそんなに面白《おもしろ》かったのだろうか、広沢が手を叩いて笑い出した。驚いたタピオカがするりと彼女の膝から降り、そのまま窓際《まどぎわ》へ歩いて行く。来栖の席だ。来栖は黙々とキーボードに指を走らせ、タピオカを見やしない。でも、タピオカは何食わぬ顔で彼の膝に飛び乗って丸くなる。

「よーし、未谷、ランチに行って来栖の悪口を言おう！」

鞄を持って勢いよく席を立った広沢に、反射的に「はいっ！」と頷いてしまった。

広沢の声も千晴の声も聞こえたはずなのに、来栖は無反応だった。マウスを弄《いじ》りながら空《あ》いている左手でタピオカの背を撫でていた。意外にもタピオカは、来栖のことを気に入っているみたいだ。子猫の頃に拾ってやった千晴より、余程懐《よほどなつ》いている。

「あの毒舌野郎《やろう》が意外と成績いいんだから、世の中わかんないよねー。私もシェパード・キャリアに来た直後はびっくりしちゃったよ」

広沢が行きたいと言ったのは、会社の側《そば》のカレー屋だった。スパイスの香りがきついカレーを大口で頬張りながら、「すまし顔の毒舌野郎なのに」と繰り返した。

「来栖さんの成績、そんなにいいんですか」

「ほぼ百パーセントって言ってもいいんじゃないかな。あれでもうちの班のリーダーだし」

もしや、千晴がジーヴスの選考を辞退したせいで来栖の成績に黒星をつけてしまったのだろうか。一応、見習いとはいえシェパード・キャリアで働いているわけだから、完全な黒星にはならないのだろうか。

「どう？　来栖に担当された上に部下になってみて」

ほれほれ、本人はいないんだから素直に言いなさい、とばかりに満面《まんめん》の笑みを作った広沢に、一度掬《すく》ったカレーを皿に戻した。

「『最初は殺してやろうかと思ったけど、無事転職できたから見逃《みのが》す』と求職者に言われる理由は、とてもよくわかりました」

「そういえば、私がシェパード・キャリアに転職してきた頃、同じ求職者を一緒に担当したことがあったけど、その人も『野郎、ぶちのめしてやろうと思ったけど内定出たから勘弁《かんべん》してやる！』って言って帰っていったなあ。総務部で十年くらいバリバリ働いていた人で、会社の人に『総務の仕事は利益を生まない』って言われて転職を決意したって人だった。来栖に『でも貴方、自分のやって来た仕事が他社から評価されるかどうか自信がないんですよね』って言われて、めちゃくちゃ怒ってたもんね」

思い出した光景が余程面白かったのか、広沢はまた腹を抱えて笑った。よく笑う人だ。笑うとより幼い印象になって、本当に大学生にしか見えない。

「未谷さあ、前の会社とか上司とかと比べて、うちはどう？」

「緊張感がある職場ですけど、怒鳴り声も飛ばないし穏《おだ》やかだなって思います」

人を直接相手にする仕事だし、しかもそれが仕事――誰かの収入、生活、人生に直結している。理屈ではわかっていたが、いざ求職者との面談に臨むとそれを肌で感じた。

「ピリピリするときはする職場だと思うけど……未谷からするとそうなるのか」

来栖も広沢も誰かを怒鳴りつけたりしないし、部下に「土下座《どげざ》してでもなんとかしてこい」なんて無理強《じ》いをしている姿も見たことがない。

「そうですね、眼鏡かけるなって言う上司もいないですし」

「……眼鏡？」

「私、大学までずっと眼鏡だったんですけど、前の会社に入ったとき、上司に『女の眼鏡は鈍《どん》くさく見えるからやめろ』って言われて、コンタクトにしたんです」

「うーん……未谷、聞き手がドン引きするようなブラック企業エピソードをさらっと出してくるね」

広沢の目は、哀《あわ》れんでいるというより珍獣を見ているようだった。

「来栖のお供は大変だろうけどさ、キャリアアドバイザーの仕事を学ぶなら、来栖の後ろに立ってるのが一番いいよ。来栖が社内で何て呼ばれてるか知ってる？」

「魔王ですよね。転職の、魔王様」

会社の外とはいえ、一応声を潜《ひそ》めたのに、広沢は「そう！　魔王！」と声を張る。

「だから大丈夫。転職エージェントって仕事の酸《す》いも甘いもわかるし、ついでに転職の酸いも甘いもわかるよ。ちょっと《酸い》が多めになるかもだけど」

「ですよね……」

来年の三月まで、およそ一年。どれだけ前向きに考えても、先が思いやられた。カレーを口に運ぶと、鼻にスパイスの強い刺激が抜けた。舌がぴりりと痛い。

ただ――。

「来栖のことをぶん殴《なぐ》りたくなったら、ご飯に行こう。愚痴ならいくらでも聞くから」

にこりと笑った広沢に、心強い先輩が近くにいてよかったと心底思った。

とりあえず、ランチを終えたら宇佐美に連絡をしよう。幸い、求職者へメールしたり、求人の案内を送る役目は千晴に任されている。とりあえず来栖の言動をフォローして、「一緒に頑張りましょう」と伝えよう。

◇　◇　◇

〈手が空いたら声かけて〉

ちょっと離席した隙に、パソコンにそんな付箋《ふせん》が貼りつけてあった。名前など確認しなくても、入社一週間でこの右上がりの角張《かどば》った字が来栖のものだとわかるようになってしまった。

　彼のデスクに走っていくと、背後で広沢が「すごい……瞬間移動した」と呟いたのが聞こえた。千晴の鋭《するど》い足音に、来栖はパソコンから顔を上げて目を丸くする。窓からの自然光のせいか、黒目は青みがかって見えた。

「この距離を全力疾走《しっそう》するなよ。運動会か」

「は、走るの得意なんです……！」

　奇怪《きかい》なものでも見るように眉を寄せて、来栖は「ああ、そう」と溜め息をつく。そのまま、手元にあったノートパソコンを千晴に見せてくる。

「このリスト、どういうつもりで作ったの」

　朝一で送った企業リストが開かれていた。宇佐美に紹介する企業のリストアップを任され、千晴が作ったものだ。

「宇佐美さんの面談の内容を踏まえて、求人のデータベースの中から該当《がいとう》するものをリストアップしました」

「あの人の経歴ではハードルが高い企業ばかりだけど、それを理解して選んだの？」

　文具、インテリア、玩具、生活雑貨、食品などのメーカー数社を千晴は選んだ。どれも宇佐美が希望していた商品企画職を募集している。設定された年収は三百万円より高い。

「どの企業も未経験者可としていますし、宇佐美さんに経験の有無や年齢はハンデにならないとしっかり伝えて、自信を持って面接で熱意を伝えられれば……」

「本人の頑張りではどうにもならないことを、《自信》とか《熱意》なんて精神論で突破させようって？」

来栖の言葉に、ぎょっと息を呑んだ。昼休憩《きゅうけい》に入った社員の多いオフィスはいつもより静かだ。なのに、誰かがパソコンのキーボードを打つ音が、やけに大きく聞こえた。

「未谷さん、リストにある企業の裏スペック、確認した？」

「はい。担当の営業さんに」

転職エージェントが抱える求人は、営業が企業を訪問して集めてくる。それらは社内のデータベースに蓄積され、キャリアアドバイザーは自分が担当する求職者の希望に合う求人をそのデータベースから探すのだ。

この求人票には、「裏スペック」というものが存在する。

「経験や年齢は、残念ながらハンデになるんだよ。ハンデを相殺《そうさい》できるような《何か》を持った人じゃない限り、足を引っ張る要素になる。だから裏スペックなんてものが存在するんだ」

性別や年齢による制限といった、法律で求人票に載せてはいけないとされる条件を、営業がヒアリングで入手している場合がある。これが裏スペックだ。

三十五歳以下の男性がほしいのに募集の際にそれを謳《うた》うことができない企業も、転職エージェントを通せばふるい落としを行うことができる。企業は自分達の要望に合致した人材と効率よく面接できる、というわけだ。千晴がジーヴス・デザインを受けるときに来栖から教えられた、「若者向けのブランドに力を入れたいから、若い女性の広告業界経験者をほしがっている」

というのも、裏スペックの情報だ。

「未経験者が絶対に駄目《だめ》というわけでもない、とのことだったので」

「それは多くの場合、『未経験でも余程いい人がいたら応募してほしい』っていうことだよ」

宇佐美はそれには当てはまらない。来栖の顔にはそう書いてあった。

「それにね、未谷さん。君がリストアップした企業は、どこもいい会社だ。待遇もいいし業績も安定してる。きちんと下調べしてリストを作ったんだなとわかる。宇佐美さんも、この中のどこかに転職できたら凄くいいだろうね」

千晴を見上げたまま、来栖は「ということは」と肩を落とした。

「これらの会社には大勢の人間が応募してくる。求職者が殺到したらエージェント側が選考をして、より有望な人を推薦《すいせん》することになる。俺達は企業の採用活動を代行《だいこう》してるわけだから、企業の手間を増やすわけにはいかない。転職エージェントは企業からもらう金で成り立ってるんだから」

求職者は無料で転職エージェントを使える。内定者が出たら、エージェントはその人の年収の何割かを企業から紹介料として受け取る。それがエージェントの収益になる。

「求人は、大きく分けて四種類あると俺は考えてる」

面倒臭そうに右手の指を四本立てて、来栖は説明した。

「求職者が行きたい企業、行きたくない企業、受かりやすい企業、受かりにくい企業だ。求職者がどれだけ行きたいと思っても、奇跡が起きないと受からないような企業もある。逆に、行きたくなくてもすんなり内定が出る企業もある。ＣＡは、このバランスを見誤っちゃいけない」

にゃあ、とタピオカの鳴き声がして、千晴は視線をそちらにやった。広沢の椅子で昼寝をしていたタピオカが、来栖のデスクに飛び移った。

タピオカはそのまま、来栖の肩を伝って彼の頭によじ登った。ああ〜ああ〜この状況でお前は何をやっている！　と手を伸ばしかけたら、来栖は何食わぬ顔でタピオカの首の後ろを摑《つか》んで自分の膝に移動させた。

「俺達の仕事は、『諦《あきら》めなければ大丈夫です』なんて無責任なことを言って求職者に《いい会社》を目指させることじゃなくて、その人にとって最も《適切な会社》に、できるだけ最短ルートで導《みちび》くことだ。条件の合わない人間を応募させたら、企業側からの印象も悪くなる」

自分達の給料は、採用活動をする企業から支払われるお金で成り立っている。だから、企業側の意向をしっかり汲《く》まないといけない。わかる。その理屈は、とてもよくわかる。

でも、来栖の言葉は肝心《かんじん》の求職者である宇佐美をどこか蔑《ないがし》ろにしているように感じられて、千晴はいつものように「はい！」と頷くことができなかった。

――何だ、俺の言ったことに不満でもあるのか。

そんな声が耳の奥でした。来栖の声にも聞こえたけれど、違う。これはかつての上司の声だ。千晴の「はい！」が遅れると、竹原はいつもこう言った。

もう転職したはずなのに、こめかみのあたりから冷や汗が出てきた。そんな千晴を余所《よそ》に、来栖はタピオカを撫でながら肩を竦める。溜め息なのか吐息《といき》なのかわからない音がした。

「君は他人の顔色を窺《うかが》うのが得意みたいだから、確かに、宇佐美さんの本音をよく推測してるよ。でも、変に焚《た》きつけて長期間内定が出ないなんてことになったらどうする」

千晴だって、シェパード・キャリアに来る前の数ヶ月間、無職だった。社会と繫がっていないあの感じ。みんなが歩いている道から外れてしまった、あの感じ。千晴はよく知っている。

「宇佐美さんだって生活がある。就職活動が長びいて、焦って妥協して適当な会社に入ったら、『転職したのは失敗だった』と思いながら仕事することになるぞ。そんなの可哀想《かわいそう》だろ」

全く可哀想と思っていないような声で言って、「リスト、作り直してまた見せて」と来栖はデスクに向き直った。タピオカは彼の膝から肩に再びよじ登る。なんて命知らずな猫だ。

来栖はそんなこと意に介さず、タピオカを頭にのせたまま仕事を再開した。

宇佐美由夏

二十八歳を過ぎた頃からだろうか。それまで、友達との飲み会での話題は、それぞれの好きなものについてがほとんどだった。あと、仕事の愚痴。どれもこれも《今》のこと。いつの間にか《これから》の話題が増えた。明るくて楽しい《未来》の話ではなく、逃れようのない《将来》の話。結婚とか子育てとか、マンションを買う買わないとか、親の介護のこととか、自分の健康とか老後とか年金の話。恋人といるときはできない話。

「ねえ、どうすれば老後に二千万円残せると思う？」

特大のビールジョッキを片手にそんなことを言ったのは、大学時代からの友人だ。もう一人が「それさあ、どうやら二千万じゃ足りないらしいよ」と身を乗り出す。卒業してから十年、数ヶ月に一度、三人で集まってはこうして飲み会をしてきた。

もの凄くやり甲斐のある仕事をしているわけでもなく、大金を稼いでいるわけでもない。いい意味でも悪い意味でも、みんな同じ場所に立っている。こうして気の置けない仲間同士集まるのは確かに楽しいけれど、楽しさで《逃れられない現実》を笑い話に装飾して、見ないふりをしているのかもしれない。

十時過ぎに解散したところで、シェパード・キャリアから電話があったことに気づいた。留守電には、CAの未谷から「詳細はメールします」とメッセージが吹き込まれていた。

電車に揺られながら、由夏はシェパード・キャリアからのメールを確認した。「内定」という文字を見つけて息を呑んだ瞬間、電車が揺れて前に大きくつんのめった。雨が降り出したらしく、電車の窓が雨粒で濡れている。車内の照明を反射して、きらきらと綺麗《きれい》だった。

先週面接を受けた寺田ソフトというソフトウェアメーカーから、内定が出た。未谷と求人票を吟味《ぎんみ》して、第一志望とした会社だ。職種は営業事務で、年収もほぼ変わらない。

内定だ。「貴方が必要だ」と言ってもらえた。勢いで始めてしまった転職活動だったけれど、やってよかったと思った。混み合う電車の淀《よど》んだ雰囲気が、全部清々《すがすが》しいものに変わった。

メールには、入社するかしないかの返答を一週間以内にしなければならないと書いてあった。

開口一番「転職限界年齢が〜」などと言い出した仏頂面《ぶっちょうづら》の来栖という男に比べて、未谷は物腰が柔らかく、面談後も親切にしてくれた。面接対策は電話とメールが中心だったが、夜の時間帯だろうと土日だろうと、彼女は面接企業の情報を資料にまとめて送ってくれて、由夏の作った志望動機や転職理由に対しても細かくアドバイスをくれた。内定を知らせるメールからも、彼女が本当に喜んでくれているのが伝わってくる。

自宅の最寄り駅に着くまで、たいして長くもないメールを何度も読み返した。小さなスマホの中に、《未来》が降りてきた。

冷静になったのは、帰宅してシャワーを浴びたあとだった。なんとなく、内定が出た会社の求人票を、改めて確認したとき。

選考中はたいして気にならなかった「年収三百万円」という数字が、何故か視界に引っかかる。今と変わらないじゃないかと思うのに、どうしても、引っかかる。

そこから、いろんなものが、引っかかるようになってしまう。

寺田ソフトは、歴史こそ長いが小さなソフトウェアメーカーだ。年収は三百万円。克行と結婚して、共働きで生活していくなら、充分な額かもしれない。でも、そんな未来はない。もしかしたら一生独身かもしれない。将来、親の介護をしなくてはならなくなったら？　年収三百万円で本当にいいのだろうか。あれ、昇給のこと、ちゃんと聞いてない。面接で質問しておけばよかった。大体、ずっと事務職でいいんだろうか。何かのタイミングで派遣や契約社員に切り替えられたっておかしくない。

事務職の正社員を減らして派遣社員に切り替えた会社なんて、たくさん見てきた。そういう会社が、由夏を雇用してきた。

私は自分の人生を、何一つステップアップできてないんじゃないか。転職活動をしてそれっぽい気分に浸《ひた》っていただけで、一ミリも幸せに向かっていないんじゃないか。

答えはどこからも降ってこない。

◇　◇　◇

あらかじめメールをしておいたから、シェパード・キャリアに到着すると、未谷は強《こわ》ばった顔で由夏を面談ブースへ案内した。まだ梅雨《つゆ》入りには随分早いはずなのに、朝から降り続く雨は夜になっても止《や》まず、靴の中までぐっしょり濡れていた。

「来栖は今、別件で打ち合わせをしていて、少し遅れて参ります」

由夏の向かいに着席し、未谷は一瞬だけ視線を泳がせた。

「内定を辞退したいというのは、何か不安な点があるということですか?」

友人と飲んだ日の夜、未谷に「内定を辞退したい」というメールを送った。

「不安というか……本当に今更《いまさら》なんですけど、今後のことを考えると、今のままの年収というのは厳《きび》しいなと思ったんです。事務職で正社員というのも、派遣でやって来たことを活かせるけど……せっかく転職するなら、今までとは違う仕事をしてみたいと思って」

言葉尻がどんどん小さくなっていく。お前ごときが何を偉そうに選《え》り好みしていると、声がする。何故か、それは克行の声と似ていた。

ああ、駄目だ。釣り合わない。自分の自信と、やって来たことと、身の程と、現実が全然釣り合わない。

「私ごときが我儘《わがまま》を言える状況じゃないというのもわかっているんです。でも、どうしても踏み出せない感じがして」

未谷が出してくれたホットコーヒーを、由夏は睨みつけた。白い湯気《ゆげ》が細く細く立ち上《のぼ》る。湯気が揺らぐのに合わせて、ずっと胸につかえていた言葉を吐き出した。

「あの、私はどうすればいいんでしょうか？　未谷さんが今まで担当した人で、私みたいな人いませんでしたか？　その人、どうしましたか？　転職しました？」

基準がほしい。三十二歳、女性、独身、派遣社員。私みたいな人は、どれくらいの家賃の家に住んで、毎月どれくらいお金を使って、どれくらい贅沢して、どれくらい貯金をして、どれくらい幸せな気分でいるの？

未谷は困惑《こんわく》していた。「今まで担当した人……」と呟き、あー、うー、と唸る。彼女が見習いCAであることを思い出し、身勝手にも溜め息をつきそうになってしまった。

カツン、と乾いた音がした。軽やかなのに冷たくて、鋭利で、すぐに誰だかわかった。

「遅くなりました」

杖をつきながら来栖が面談ブースにやって来る。由夏を見て、未谷を見て、何を思っているのか見当もつかない表情で、小さく肩を竦めた。

「宇佐美さん、貴方がどうするべきかなんて、僕達にわかるわけないじゃないですか」

突然、そんなことを言う。

「転職するのが正解です、その会社に行くのが正解ですって、僕に言ってほしいんですか？」

来栖の声は淡々としていた。そのせいだろうか、「ああ、そうですよそうですよ！　誰かに決めてほしいんです！」と猛烈に言い返したくなる。

「ここに正解は置いてません。何が正解かは宇佐美さんが決めるんです」

決断を誰かに押しつけたいわけじゃない。ただ、誰かに道筋を示してほしいだけ。それは臆《おく》病《びょう》なんだろうか。優柔不断《ゆうじゅうふだん》なんだろうか。世の中の人はみんな、そんなに自分の決断に自信を持っているんだろうか。

自分は絶対に正解を選び取れると、確信できるんだろうか。

「何が正解かわかるなら苦労しないじゃないですか。私、もう三十二だし、ずっと派遣だったし。それはどうしようもないことですけど、でも、そろそろ、失敗が致命傷になる歳だなって思うんです」

転職して、「失敗だった」と思っても、その失敗をすぐに取り返せない。自分は今、そういう状況にいる。

「そんなの、宇佐美さんだけじゃないですよ。誰だって失敗したくないし、何が正解かなんてわからないですよ」

ははっと、来栖が笑い声をこぼす。初めて、由夏の前ではっきりと笑って見せた。チリチリと揺れていた苛立ちの炎を、団扇《うちわ》で煽いで燃え上がらせるみたいに。

「自分の意志で決めてください。大人なんですから」

挑発だ。絶対にこいつ、挑発している。教え諭《さと》そうという慈悲《じひ》もない、優しさもない。ただ鋭利な言葉を投げつけてくるだけ。なんでこんな男が、ＣＡなんてやってるんだ。

濡れた靴の感触が、今更のように腹立たしかった。

由夏の心境なんてお構いなしに、来栖は「どうぞじっくり考えてください」と軽やかに言った。未谷が「内定先への返答期限が……」と遠慮がちに呟く。

「そんなもの、僕の方でどうにでもしておくので、ご安心を」

来栖は踵《きびす》を返した。木製の杖をつき、左足をやや引き摺《ず》るようにして、面談ブースから離れていった。

残された由夏と未谷は、しばらく途方《とほう》に暮れた。

◇　◇　◇

営業部の村松愛がまたトイレ掃除をサボったので、由夏がゴミを捨ててトイレットペーパーを補充した。このまま、なあなあで押しつけられることになるんだろうな、と手洗い場の鏡の前で肩を落とし、七月末で契約満了になるんだったと思い出した。

内定に対する返事は、来栖が期限を一週間延ばしてくれた。それでも、たったの一週間だ。

オフィスに戻って、七恵と一緒に昼休憩に出た。一階でエレベーターを降りたら目の前に克行がいて、思わず立ち止まってしまった。別れてから——正確には一方的に振られてから、会話どころかメッセージのやり取りすらしていない。

どうやら、克行は商品開発部かどこかで打ち合わせがあるようだ。由夏と七恵にビジネスライクに会釈をし、後輩デザイナーを連れてエレベーターに乗り込む。自分達は本当に別れたんだなと、背後でエレベーターの扉が閉まるのを感じて思い知った。

「宇佐美さん？」

七恵が怪訝な顔をして振り返った。「ごめん、ちょっと考え事」と笑ってみたけれど、声が擦れて変な感じになった。

「ねえ七恵ちゃん、大人ってなんだと思う？」

克行の顔を押しのけて、来栖に先日言われた言葉が飛んでくる。直接ぶつけられたときと同じ、矢のように鋭く飛んでくる。

「なんかさあ、高校生の頃は二十歳《はたち》過ぎたら自動的に大人と思ってたけど、未《いま》だに自分が大人になれたのかどうかわかんないんだよね」

歳は食った。でも、精神年齢は高校生くらいの頃から変わっていない。自分でお金を稼いで生活できるようになったら大人なのか。家庭を持ったら大人なのか。それとも例えば……一人で牛丼屋やラーメン屋に入れるようになったら、大人なのか。

誰かに、教えてほしい。

「自分に責任が持てるようになったらですかね」

どこか「違う」と思っていそうな口調で七恵は答えた。

いつもの居酒屋で、日替わり定食を注文した。百円追加で払って、ご飯を大盛に、味噌汁を豚汁《とんじる》に替えてもらった。運ばれてきた日替わり定食が豚の生姜《しようが》焼きで、豚と豚が被ってしまった。七恵に「被ってますね」と言われるかと思ったのに、彼女は伏し目がちに生姜焼きに添えられたキャベツを口に詰め込んでいた。

「宇佐美さん、私、内定出たんです」

豚肉がごろごろと入った豚汁を啜《すす》りながら、由夏は「そっか、おめでとう」と返した。意外とすんなり「おめでとう」と言えた。

「九月から新しい職場に行きます」

私はどうするんだろう。八月になっても派遣として働いているんだろうか。転職活動をしたのは気の迷いだったなと思いながら、「あの来栖ってCA、最悪だった！」と、ときどき思い出したりするんだろうか。

「宇佐美さん、心残りがないように、今のうちに伝えておきたいことがあるんですけど」

七恵が箸を置いた。わざわざ両手を膝にやって、由夏の方に身を乗り出す。眉を寄せて、低い声でこう続けた。

「宇佐美さん、長谷川デザインの渋井さんと付き合ってるじゃないですか」

ああ、別れたよ。ていうか振られたよ。ヘラヘラと笑って返そうと思って、七恵の次の言葉に息を止めた。

「あの人、営業の村松さんとも付き合ってるっぽいですよ」

「――え？」

ランチタイムで騒がしい店内が一瞬静まりかえるくらい、自分の声は大きかった。

「半年くらい前に、渋井さんが打ち合わせに来てたんですけど、妙に村松さんと距離が近くて、おかしいなって思ってたんです。そしたら一ヶ月くらい前も廊下《ろうか》でキャッキャしてて、あれは絶対に男女の関係にあります、絶対。私、こういうの見破るの得意なんです」

一ヶ月前は、当然、克行は由夏と付き合っていた。

「いや、でも、村松さんって結構馴《な》れ馴れしい感じの人だし、克行も……渋井さんもフレンドリーな性格してるから」

「先月だったかな。村松さんが私にメールを誤爆したんですよ」

豚汁の器《うつわ》を取り落としそうになった。慌《あわ》ててお盆に置き、「誤爆、とは」と恐る恐る聞いた。

「村松さんが、私がCCに入ってるって気づかず、渋井さんにメールを送ったんです。仕事のメールだったんですけど、最後に思いきり、プライベートなことが書いてあって」

思わず保存しちゃいましたよ、と七恵がスマホを見せてくる。

それは確かに村松愛から克行へのメールだった。一見するとただのビジネスメールなのに、文末で突然文章の雰囲気が、色が変わる。

「この間のお肉、美味しかったね。次はタイ料理がいいな……」

華やかで浮き足立った文面を読み、由夏はがっくりと肩を落とした。そんなやり取りを業務用アドレスでやるなよ、という憤りより、落胆が勝《まさ》る。

克行は、村松とはいろんな店に食事に行くのか。いつも同じ店、同じメニューじゃないのか。私と一緒じゃ、新しい店や料理を開拓する気にもならなかったのか。

「宇佐美さんに言うの、気が引けて。どうしようかずっと悩んでたんですよねー」

七恵の声は、もう耳に入ってこなかった。ああ、そう。そうなの。あの子と付き合うのが、ちゃっかりトイレ掃除をサボる子と付き合うのが《妥協しない》なの。

ねえ、どうすればいい？　このまま泣き寝入りするべき？　それとも一矢《いっし》報いてやるべき？

胸の奥に向かって問いかけたら、悔《くや》しいかな、思い出してしまう。

——自分の意志で決めてください。大人なんですから。

来栖の言葉と、挑発的な薄ら笑い。何が大人だ。大人が何でも決断できると思うな。大人を舐めるな。自分が大人なんだかすらわかっていない大人を、舐めるな。

あのとき、来栖に一言くらい言い返してやればよかった。そうすれば、二股《ふたまた》をかけられて振られた可哀想な自分として、めそめそしていられた。友人との飲み会の話のネタにできた。

「七恵ちゃん、ありがとう」

目を丸くした七恵にそれ以上何も言わず、生姜焼きで大盛のご飯を掻《か》き込んだ。タレをたっぷりつけて、キャベツも完食してやった。豚汁も、汁一滴残さなかった。

「ごちそうさま」

パン、と両手を打ち鳴らし、財布から千円札を出して七恵に渡す。彼女を置いて、店を出た。

女性、三十二歳、独身、派遣社員。彼氏には「お前と結婚するのは人生の妥協だ」という理由で振られて、会社の若手社員が本命だと発覚した。しかもその子にトイレ掃除をいつも押しつけられている。

でも、それでもどうやら私はついてるみたいだと、会社の玄関をくぐったとき思った。打ち合わせを終えたらしい克行が、エレベーターから降りてきたのだ。しかも、しかもしかもしかも、どうしてだか、隣には村松愛がいる。

なんだ、近くのカフェで打ち合わせと称してランチデートでもするのか。あんた達、仕事を、会社を、何だと思ってるんだ。

堪らず、由夏は走り出した。跳《と》び蹴《げ》りの一発でもしてやろうかと思ったが、絶対に自分が怪《け》我《が》をするからと思い止まった。

代わりに、十年間ひたすら事務仕事をしてきた右手で、克行の頰を思いきり引っぱたいてやった。やってから、うわあ……やっすい恋愛ドラマみたいでダサい……と思う。

だが、気分は悪くない。

「なあにが『人生を妥協したくない』だ！　二股してた自分を格好つけた言葉で誤魔化《ごまか》してんじゃねえ！　馬鹿野郎っ！」

叫んだ瞬間、どうしてだか、派遣会社で働くことになった新卒の頃のことを思い出した。不景気だから、凄い能力を持った人間じゃないから、選り好みしている場合じゃないと思った。

働いてお給料がもらえるならそれで充分だって思った。妥協した。

十年たってもまだ、私は選り好みしちゃいけないとでもいうのか。馬鹿野郎。

左頰を赤くしてたじろぐ克行と、熊にでも遭遇《そうぐう》したような表情の村松を横目に、虚しく口を開けていたエレベーターに乗り込んだ。由夏の働くフロアは五階だが、「こういうときは高いところに行くもんだ」と一番上の階のボタンを押した。

最上階から屋上に出た。今日の東京は快晴だった。初夏の青空は澄《す》んでいて、紫外線の強そうな日差しに由夏は苦笑《にがわら》いをこぼした。日焼け止めを塗ってないなあ、なんて思った。

ポケットからスマホを取り出して、シェパード・キャリアに電話をかけた。ワンコールも鳴らないうちに、未谷がもの凄い勢いで出た。『はい！　シェパード・キャリアです！』という声に、由夏は笑い声をこぼした。

「未谷さん、宇佐美です。私、今完全に、勢いで電話して、勢いでお話ししてるんですけど、この勢いがないと踏み出せないような気がするんで、言います」

そうだ。私には勢いが必要だ。十年もしがみついた仕事を、二股をかけた恋人を、未来に怯《おび》える自分を振り切るのに一番必要なのは、勢いだ。

困惑する未谷に、由夏は胸を大きく上下させて、言った。

「内定、辞退します。もっと、楽しい仕事ができる会社に行きたいです。お給料ももうちょっともらえる会社がいいです。ハードル高いと思うんですけど、もう少し、私の転職活動にお付き合いいただけないでしょうか」

幸せになろう。克行を引っぱたいたこの手で、幸せを摑んでやろう。

ほんのりピンク色に染まった自分の掌を握り締《し》めた。後悔は、気配《けはい》を見せなかった。

未谷千晴

「なんで死刑宣告を受ける三秒前みたいな顔をしてるの」

隣に座る来栖に問われ、思わず「似たようなもんだからです」と返してしまった。

シェパード・キャリアの面談ブースには、自分達以外誰もいない。せめて他のＣＡが面談でもしていたら、こんな重苦しい空気にはならなかったのに。

「宇佐美さん、せっかく出た内定を辞退して、もっと条件のいい会社に挑戦したいとおっしゃっていて……それって来栖さんが懸念《けねん》していた、長期間内定が出ない事態に繫がるわけで。焦って妥協して、不本意な会社に入社することになると……」

「ああ、それね」

千晴の言葉を遮って、来栖はテーブルの隅に立てかけてあった自分の杖の持ち手に親指を這わせた。天然石のような艶《つや》やかな木材に、天井の照明が反射して銀色に光っている。

「それ、もういいよ」

彼が言い終えないうちに、エントランスのドアが開く音がした。宇佐美だ。千晴は勢いよく立ち上がって、彼女を面談ブースへ迎え入れた。

仕事帰りにそのままやって来たらしい宇佐美は、何故か右手首に湿布《しっぷ》を貼っていた。「お怪我ですか？」と千晴が聞くと、「ちょっと修羅場《しゅらば》が」と鼻息荒く手首をぐるぐる回した。

その姿に、来栖の頬が緩《ゆる》んだのがわかった。

宇佐美は今日の昼に、内定辞退の連絡をしてきた。夜までに考えが変わっていたらいいなと思っていたのだが、その様子はない。

「宇佐美さん、内定を辞退したいというのは、一体どういう……」

「大変な転職活動になると思いますよ」

また千晴の言葉を来栖が遮る。でも、今までとは決定的に違う。微笑みながら、随分楽しそうに宇佐美を見ている。

「『給料は低くていい、どんな仕事でもいい』から『未経験だけどある程度給料はほしい、やり甲斐のある仕事がしたい』にハードルを上げるんですから、内定はなかなか出ないと思います。精神面、あとは金銭面でも、覚悟をしてください」

厳しいことを言っているはずなのに、声色《こわいろ》が普段より柔らかい。

「覚悟はしてるつもりです。独身だし恋人もいないし散財するような趣味もないし、しばらく暮らせるだけの蓄《たくわ》えはあります。妥協しないで、自分にとって一番幸せな転職がしたいです。だって、もういい歳した大人なんですから」

いつか来栖が投げつけた台詞《せりふ》を、そのまま投げ返す。宇佐美は、来栖の目をちゃんと見ていた。ああ、覚悟をした人の目だ。昼間に千晴に電話をしてきたときと同じ声だ。

「馬鹿だって思われるかもしれないですけど、バリバリ働いて、まあまあお給料もらって、老後の心配とかしながら楽しくお酒を飲む人間になりたいです……あ、あと、次は絶対に浮気しない彼氏を作ります」

歯を食いしばるように付け足した宇佐美に、来栖が噴《ふ》き出した。肩を揺らして「笑わないですよ」と言う。いや、笑ってるじゃん。千晴が睨みつけても、来栖は意に介さない。

「笑わないですよ。貴方が決めた、貴方の幸せなんですから。精々、幸せになれるよう頑張ってください」

来栖はそのまま、転職活動を再スタートさせるための説明を改めて宇佐美にした。内容は、最初の面談のときとほとんど一緒だった。未経験や年齢は、転職において足を引っ張る要因になる。その上で、貴方は転職先に何を求めるのか。

違うのは、宇佐美が来栖の目を見て、ちゃんと頷いていることだった。

「宇佐美さん、派遣社員としていろんな会社で働いてきたんですよね」

帰りがけに、宇佐美の背中に来栖はそう投げかけた。エントランスで振り返った彼女が、

「そうですけど」と首を傾げる。

「数年で環境が変わり、人間関係も当然変わる中、行く先々で自分を順応《じゅんのう》させて、十年間働いてきたんでしょ。それって、意外と凄いことですよ」

俺達の仕事は求職者に『諦めなければきっと大丈夫です』なんて無責任なことを言って《いい会社》を目指させることじゃない。そう言った口で、この人は宇佐美を軽やかに勇気づけて

しまう。

なんだ、この人は。彼の腹の底が見えない。目を凝《こ》らしても凝らしても、見えない。

「ありがとうございます。頑張ってみます」

満面の笑みを返して、何度も深々とお辞儀をして、宇佐美はエレベーターに乗り込んでいった。潮が引くように、エントランスが静かになる。

「あの」

そのタイミングで、千晴はやっと口を開くことができた。

「どうして、宇佐美さんに最初から今日のような助言をしなかったんですか？」

「自分の本音すらわからず、不安に流されて転職活動を始めただけの人に、そんなことして意味あると思う？」

カツン、と来栖の杖が鳴る。踵を返した彼はゆっくりゆっくりオフィスに戻っていく。彼を追い抜くことなく、千晴は狭い歩幅で彼の後ろをついていった。

「転職エージェントを上手く使うには『何をもって自分の幸せとするか』を明確にしなければならない。エージェントを使う人間が全員それができるわけでもない。転職活動してみないと見えてこないものがある。求職者にも見えてない本音を探し当てるのが、いいＣＡだ」

ふと、何か思い出したように来栖が足を止める。

「未谷さん、初めて参加したミーティングのあとに言ってただろ。ライブに行きたいから程度の理由で転職を考える人もいるって。君にとっては《その程度》と思える理由でも、当人にとっては大事な《本音》なんだよ」

来栖の目が、潮が引くように変化する。本当に瞳の色が変わっていくようだった。

「君は、君の本音がちゃんと見えてる？」

千晴の担当CAの顔になった来栖の質問に、千晴は答えられなかった。取り繕《つくろ》う言葉すら出てこない。

「どうせわからないだろうから、精々頑張って探してみるといいよ」

なんて言いながら、来栖は会社用のスマホを弄りだした。

結局この人は、宇佐美のことを掌で転がしていたんだろうか。さあ早く自分の本心に気づくがいい。それまで新人の腐れ社畜に相手をさせよう。この一ヶ月半、彼はそうやって、宇佐美がその気になるのを待っていたんだろうか。

同じように、千晴もこの人の掌で踊っているのだろうか。

「さて、まずは宇佐美さんの内定先に謝り倒さないとな」

一週間しかなかった返答期限を、来栖の判断で二週間に延ばしてもらった。その上で「やっぱり辞退します」だなんて、印象は最悪だ。宇佐美はもちろん、シェパード・キャリアに対する印象も。

「先方には、どう説明するんですか？」

「だから、謝り倒すんだよ」

何でもないことのように言って、来栖はスマホを耳に押し当てた。「いつもお世話になっております。シェパード・キャリアの来栖です」とにこやかに挨拶《あいさつ》した相手は、宇佐美に内定を出してくれた企業の人事部の社員だった。

「うちからご紹介させていただいた宇佐美由夏さんなんですが、本日正式に内定辞退の連絡がありまして——ええ、ええ、そうなんです。大変申し訳ありません」

電話は一分ほどで終わった。ふうと一息ついた来栖の顔を、千晴は覗き込む。

「大丈夫だったんですか？」

「大丈夫なわけがあるか。相当お怒《いか》りだよ」

来栖は再びスマホの画面をスワイプする。どうやら、明日の午前中のスケジュールを確認しているようだった。

「未谷さん、悪いけど、このあと小田急《おだきゅう》か京王《けいおう》百貨店の〈とらや〉で一番高い羊羹《ようかん》買ってきてくれない？　あそこの人事部長、羊羹が好物なんだよ。領収書、ちゃんともらっておいて」

「羊羹持って、どうするんですか……？」

「明日朝一《あさいち》で謝りに行くに決まってるだろ。未谷さんもスケジュール空けといて」

それ以外に何があるの、という顔で、彼は唇の端っこで笑った。

「俺の土下座は美しいから、側でよく見ておきなよ」

本気なのか、冗談なのか。来栖はそれ以上何も言わずデスクに戻っていった。千晴の目の前をタピオカが颯爽《さっそう》と駆け抜けていき、彼の背中に飛び乗った。

明日、私はこの人と一緒に土下座するんだろうか。家で美しい土下座を練習しておいた方がいいのだろうか。

翌朝、千晴のそんな心配と、付け焼き刃の土下座の練習は、あっさり裏切られた。

「未谷さん、いつまでそんな馬鹿みたいな顔してるの」

寺田ソフトを出てからずっと口が半開きになったままだった千晴に来栖がそう声をかけたのは、地下鉄の入り口に辿り着いた頃だった。

「だっ……」

言葉を発するのも久々に感じて、声が擦れてしまった。

「だって！　寺田ソフトの人事部長に土下座するって来栖さんが言うからっ！　私も一緒に土下座しないとって思って昨日《きのう》から覚悟してたのに……なんか、気がついたら次の求職者の面接日の話になってるし、人事部長がめちゃくちゃ笑顔で羊羹食べてるし……」

土下座、土下座はどこに……。呟いて階段の手すりにしがみついた千晴を、杖を片手にゆっくり階段を下りながら来栖は振り返った。

「さすがに今回は駄目かと思ったけど、とらやの羊羹が利《き》いたな」

「もう騙《だま》されませんから！　宇佐美さんの内定辞退を謝りに行ったのに、来栖さん、なんで他の求職者の履歴書を持って来てるんですか！」

ああ、この男は確かに、魔王だ。白猫を従え、杖を片手に悠々《ゆうゆう》と迷える羊をころころと転がす、魔王だ。

眼鏡が鼻からずり落ちそうなのもお構いなしで、千晴は続けた。

「こっちは土下座の練習までしたのに、『お詫《わ》びというわけではないのですが、次の人材のご案内です』なんて涼しい顔で話し始めて！」

「油断したら他のエージェントに乗り換えられるだろ。次の案内は早い方がいい」

「それにしたって、あんな条件のいい人、どこで見つけたんですか？」

「一昨日《おととい》、面談したんだよ」

来栖が差し出した履歴書は、事務職希望の二十代の女性のものだった。前職は大企業だったが、次は規模の小さい会社に行きたいらしい。寺田ソフトにぴったりの人材だった。

「え、何ですかそれ。私、面談ご一緒してないですけど」

「君を帰した後に面談したの。未谷さん、宇佐美由夏に勤務時間外もメールや電話で対応してただろ。その帳尻合わせだよ。仕事したいならその幽霊残業をやめるんだね」

幽霊残業という言葉に肩が震《ふる》え、ぎくりと音が鳴った気がした。口の端をねじ曲げ、「いやあ、それは……」と絞《しぼ》り出したものの、あとが続かない。

「あと、毎朝三十分早く出社して、俺の班の島の周りを掃除してゴミを捨ててコーヒー淹れて、全員のデスクを水拭きするのもやめて。俺は上司としてそんなこと一切求めないし、絶対に評価しないからな」

前の会社では、若手が毎朝そうするのがルールだった。部署内に同期もいたが、いつの間にか唯一《ゆいいつ》の女子社員である千晴がやることになっていて――毎日完璧にこなすことが自分の役目で、それが自分の評価を上げる軸の一つだと思っていた。

シェパード・キャリアでも同じことをすれば誰かに評価してもらえると、そう思っていた。

「来栖さん、何でそれを知ってるんですか」

「自分のデスクが勝手に綺麗になって、コーヒーが勝手に淹れられてて、それでなんで気づかないんだよ。そうやって、自己犠牲《ぎせい》を盾《たて》に居場所を作ろうなんて思わないことだね」

夜だろうと土日祝日だろうと働いてみせることで、周囲の知らぬ間に雑用を片付けてみせることで、未谷千晴は頑張っていると自分自身を納得させられる気がした。千晴がいてよかったと、誰かが自分を評価してくれるんじゃないかと。

そうすれば、新卒でせっかく入社した会社を三年で辞めてしまった自分を、思い描いていたレールを外れてしまった自分を、拭《ぬぐ》って拭って、なかったことにできる気がした。

「宇佐美さんは未谷さんに少し似てたね。自分のことを自分で決められず、仕事や会社や働き方を選ぶ権利なんてない人間だと思ってる。だから、誰かが自分を必要としてるか否かで選ぼうとする」

この男は、これ以上何を言うのか。身構えた千晴を呆れ顔で一瞥《いちべつ》して、来栖は階段を下りていった。改札を抜け、ホームに立ったところで、彼は先ほどのことなどまるで忘れたかのようにスマホで午後からの予定を確認した。

「とりあえず、寺田ソフトには次の求職者を紹介した。今日からその人の面接サポートも入るから、帰ったら履歴書、確認しておいて」

乗り込んだ電車が走り出しても、千晴は先ほどの来栖の言葉を額《ひたい》のあたりで反芻《はんすう》していた。

結局、自分は求職者として来栖と面談していた頃と、ほとんど変わっていないようだ。

自分のスマホのスケジュール帳を開く。六月のカレンダーに、ハッと息を呑んだ。このまま、あっという間に三月になってしまうかもしれない。そう思うと、ドンと背中を押された気がした。

「来栖さん」

つり革に摑まる来栖を横目で窺う。彼の前に座っていた会社員の男性が来栖の杖をじーっと見て、面倒臭そうな顔で席を譲《ゆず》った。来栖は少し離れたところにいたお婆さんに席を譲り、ドア横のスペースに移動した。千晴も何も言わずについていった。

「宇佐美さんが寺田ソフトの内定を辞退するって、来栖さんはわかっていたんですか？　それを見越して返答期限を一週間延ばしたんですか？」

「そんなことができるなら、それで商売してるよ」

千晴の質問を鼻で笑った来栖だったが、すぐに表情を引き締める。

「肝心の宇佐美由夏の転職は難儀《なんぎ》するぞ」

電車が揺れる。千晴がすかさず「はい」と頷く。

「焦って適当な会社に転職、なんてことにならないように、注意します」

「勤務時間内でな。残業するならちゃんとタイムカードにつけて。業務はできるだけ家に持ち帰らないで。教育係の俺が社長にどやされる」

「……はい、気をつけます」

叔母である「社長」を出され、千晴は頭を下げた。「わかればいいよ」と、魔王はいつもよりほんの少し柔らかい声で答えた。

第三話

転職はレビューサイトで店を選ぶのとは違うんです

二十五歳／男性／広告代理店　営業職

笹川直哉

赤坂、接待、個室、日本酒……思いつくキーワードを入力し、検索する。スマホの画面に一覧で表示された飲食店の数々を、笹川直哉《なおや》はぼんやり眺めた。

店の名前なんて見ても意味はない。店名の横に表示された星の数――レビュアーからの評価だけに注目し、画面をスクロールしていく。星３・８の個室居酒屋を見つけた。

「西田さん、金曜の光友《みつとも》製薬さんとの会食、お店の予約しておきました」

ちょうど昼食から戻ってきた直属の上司である西田に伝えると、彼はただ「おう」と頷《うなず》いて、足を止めることなく自分のデスクに向かった。

それからだいぶ時間がたって、そろそろ昼飯にでも行こうと直哉が席を立った頃、「おい、金曜の接待の店、ちゃんと予約したか」と今更《いまさら》のように聞いてくる。

「さっき報告したじゃないですか」とは、言う気にすらならなかった。

「光友の山辺《やまべ》部長、酒好きだから。そういう店選べよ」

「お店、メールで送っておきました。山辺部長の好きな日本酒があるところです」

「ちゃんとした店だろな」

「レビューは星３・８です」

直哉が送ったメールを確認したのか、西田はまた「おう」と言って仕事に戻ってしまう。

「よくやった」とも「同じこと何度も聞いて悪い」とも言われない。

「おい、笹川。今、暇か？　暇だよな」

同じ営業局の先輩である大宮が「ちょっと来い」と直哉を廊下《ろうか》に手招きした。「うっす」と返事をして、駆け足でフロアを飛び出す。また面倒な雑用を頼まれるんだろう。

「なんだ笹川、最近元気ないな」

大宮にそう言われ、直哉は慌《あわ》てて「いやいや、元気ですよ！」と声を張った。張りのある声が廊下の壁に跳《は》ねて、耳の奥がキンと痛かった。

新卒で広告代理店の営業マンになって、三年半。後輩も何人かいるが、それでもまだまだ下《した》っ端《ぱ》の一員だ。「時間あるか」と問われれば「あります！」と答え、「これやっておいて」と言われれば「はい！」と頷く。「食え」と言われれば食う。「飲め」と言われれば飲む。新人の営業マンに求められるのは、元気と根性と従順さと、体が頑丈《がんじょう》かどうかだ。

頼まれ事とは、プレゼン資料の製本だった。明日のコンペで配る資料を五十人分。呼び集められた下っ端営業マン達と手分けして資料を製本した。春に入社した新人の手際《てぎわ》が悪くて意外と時間を食ってしまい、直哉がデスクに戻れたのは二時過ぎだった。

「おい、昼休憩《きゅうけい》長すぎんだろ」

西田から小言《こごと》が飛んでくる。大学時代ラグビー部だった西田は、大きな体で窮屈《きゅうくつ》そうにパソコンの画面を睨《にら》みつけていた。

「いやいや、大宮先輩の手伝いしてたんですよ」

元気に、朗《ほが》らかに、「嫌だなあ、もう」と笑ってみせる。西田は「おう、そうか」と言ってどこかに電話をかけ始めた。

椅子に腰掛けた瞬間、腹が鳴った。昼飯に行こうと思って席を立ってから、もう一時間。今更「昼行ってきまーす」なんて言える空気でもない。

空腹も一周回って気にならなくなった午後三時。一週間前に挑んだコンペの結果が電話で届いた。大手衣料品メーカーのブランディングコンペだ。企業の担当者から「ぶっちぎりで武蔵《むさし》野《の》広告社さんに決まりです！」と言われ、嬉《うれ》しくて電話口で飛び上がった。

すぐに西田に報告したら、反応は「おう、そうか」だった。

「もう新人じゃないんだから、結果出して当たり前だ」

そう言って、西田は煙草《タバコ》休憩に行った。

五時過ぎにコンビニにパンを買いに走り、退社したのは十時だった。残業時間削減を上から口酸《くちす》っぱく命じられている西田が「残業すれば偉いってもんじゃねーぞ」と直哉の肩を叩《たた》いて帰った三十分後だ。

会社員四年目というのは、実に面倒な時期だ。一人で仕事を担当するのが当たり前になり、新人面《づら》しているなと実績を求められる。でもどこかで「お前はまだ新人」という名札も付けられていて、「これも勉強だ」と雑務も任せられ、意見を主張すれば「最近の新人は生意気《なまいき》だ」と渋い顔をされる。

新人と若手の間でぐらぐら揺れてるんだよなあ、なんて夢現《ゆめうつつ》に思ったのは、混み合う電車の中で船を漕《こ》いでいるときだった。

帰宅したのは夜の十一時過ぎだったが、実家の台所には夕飯が用意されていた。

「今日も遅かったのね」

冷めたメンチカツを電子レンジで温《あたた》めていると、リビングから母が顔を出した。炊飯器に残っていたご飯を全部直哉の茶碗によそって、「食べちゃって」と渡してくる。

「やっぱり広告代理店は、三年たったから楽になるってもんでもないのね」

明日の分の米を研《と》ぎながら、母が独り言なのか質問なのかわからないことを言ってくる。メンチカツにかぶりつきながら、直哉は「さあ、よくわかんないけど」とぼんやり答えた。

直哉が勤務する武蔵野広告社は、広告業界らしい体育会系のガツガツした社風で、就職活動をしている頃からそれを意識して面接に臨んだ。元気で根性があって目上に従順で、体も頑丈。広告業界を志す学生らしく、ターゲットの求めるキャラをしっかり作った。それが功を奏《そう》し、高い倍率を勝ち抜いて内定を獲得《かくとく》した。

そして入社してからも、それをやめられずにいる。

あの頃の俺は、ずっとそのキャラで生きていくつもりだったんだろうか。それとも、最初の一年さえクリアすれば解放されると思っていたんだろうか。ある日を境《さかい》に、元気も根性も従順さもほどほどな自分に切り替えられる、と。

「……転職しよっかな」

メンチカツを齧《かじ》ろうと開けた口から、そんな言葉がこぼれてしまった。自分でも驚いた。でも、母の方がもっと驚いた。「えっ?」と声を上げ、米を研ぐ手を止めてこちらを振り返る。

「転職?」

いや、冗談だよ。慌てて言おうとしたら、「馬鹿言ってんじゃないの」と吐《は》き捨てられる。

「まだ三年しか働いてないのに、何言ってんの」

母の声を聞きつけてか、はたまた喉《のど》が渇《かわ》いただけなのか、父までリビングからどすどすとやって来る。

「お父さん、直哉が転職するとか言い出したの」

母は早速、直哉の失言を報告した。冷蔵庫から麦茶を取り出した父は、「転職ぅ?」と直哉を見る。食べかけのメンチカツを皿に置いて、直哉は肩を竦《すく》めた。

「冗談だって。母さんが、帰りが遅いって文句言うから」

「文句なんて言ってないじゃなーい」

もう、と頬を膨《ふく》らませ、炊飯器をセットした母は拗《す》ねた様子で台所を出ていってしまう。

「三年ちょっとしか働いてない奴なんか、転職活動したってどこにも行けないぞ」

麦茶をグラスに注《つ》いだ父も、リビングに戻っていく。直哉が武蔵野広告社に入社したとき、「とにかく三年働きなさい」と言った父だ。当然の反応だろうなと思った。

食べ終えた食器を洗って、風呂に入った。温《ぬる》くなった湯船に浸《つ》かりながら「三年」と声に出してみた。風呂場の天井《てんじょう》に声がふわふわと反響した。

とりあえず三年働け。ずっとそう言われてきた。両親もそう、大学の就職課の職員もそう。

通っていた就活塾のアドバイザーも、サークルの先輩も。

その「三年」は、クリアした。でも四年目に入った瞬間に何かが変わったわけでもない。

「とりあえず三年」の先には、目立った収穫はなかった。

◇　◇　◇

好みの日本酒があったようで、光友製薬の山辺部長は上機嫌だった。レビュアーから星3・8を獲得しているだけあって、料理も酒も申し分ない。奥まったところにある個室は静かで、店員の愛想《あいそ》もいいし対応も早い。

そろそろお開きになりそうなタイミングで、下座《しもざ》にいた直哉は音もなく個室を出た。店の前にタクシーを手配し、レジで会計を済ませ、領収書をもらう。そうこうしているうちに、個室を出た一行が出入口までやって来た。

店の前にタクシーが停まる。外は小雨《こさめ》がぱらついていた。梅雨《つゆ》は明けたというのに、どうも今日は天気が芳《かんば》しくない。

運転手にタクシーチケットを渡すと、店の扉が開いた。西田と山辺部長、営業部の先輩が二人、「ああ、降ってきちゃいましたねえ」と笑い合いながら出てくる。

「山辺部長、お帰りはタクシーでどうぞ」

おう、悪いね、と山辺部長がタクシーに乗り込む。直哉はあらかじめ買っておいた手土産《てみやげ》の和菓子を差し出した。

「つまらないものですが、よろしかったらお持ちください」

中身は、彼の奥さんが好きな神楽坂《かぐらざか》の老舗《しにせ》和菓子屋のどら焼きだ。愛妻家の山辺部長は、自分の好きなものを手土産に持たされるより喜ぶはずだ。

「おっ、ありがとう。妻が喜ぶよ」

西田と営業部の先輩二人が山辺部長に恭《うやうや》しく頭を下げ、タクシーは走り去った。

深々と礼をしたまま、直哉はホッと一息ついた。店のセッティングに、手土産の準備。予定より早めに店に来て、個室の様子やトイレの場所を確認。山辺部長のグラスが空《から》になったらすかさずメニューを持って傍《かたわ》らに移動。程よいところで追加のおしぼりやお茶を注文し、帰りのタクシーも待たせることなく手配できた。

もともと、人と話すのが特別好きなわけではない。飲み会が好きというわけでもない。もの凄《すご》く気遣いができる性格でもない。得意先の接待は、なかなか疲れる仕事だ。

「皆さん、お疲れ様でした」

顔を上げた瞬間、西田の大きな拳《こぶし》で胸を小突《こづ》かれた。本人はたいした力ではないと思っているのだろうが、元ラガーマンの《小突き》は、息が詰まるような重量感があった。

「お前、雨降ってんだから傘《かさ》くらい差すもんだろ」

憤《いきどお》り半分、呆《あき》れ半分という言い方に、咄嗟《とっさ》に声が出てこない。まだ、さっきの《小突き》に胸を圧迫されている。

「……すみません、今日、傘持ってなくて」

「碌《ろく》に盛り上げねえし、帰りだって靴べらも出さないで外行きやがって、気が利《き》かねえんだから。コンペ勝ったからって気ぃ緩《ゆる》めてんじゃねえよ」

ほら、飲み直すぞ。他の二人にそう声をかけ、西田は駅の方へ向かって行く。突っ立っていたら「早く来い」と言われた。慌てて後を追いながら、ああ、このあと二次会でヘラヘラ笑ってないといけないんだと思ったら、先ほど食べたものが迫《せ》り上がってくるような感覚がした。

感覚がしただけで、実際はなんともなかった。碌に料理なんて食べていないし。

「おい笹川、どこかいい店ないか」

西田が振り返らず聞いてくる。直哉は慌ててスマホを取り出した。赤坂、居酒屋、喫煙……キーワードを入力し、ヒットした店の中から、ここから近くてレビュー評価の高い店を探す。

星3・7の焼き鳥屋を見つけた。

「西田さーん、つくねが美味《うま》そうな焼き鳥屋がありました！」

先ほどの説教で落ち込むようなメンタルの弱い人間ではないですよ、とアピールしながら、前を歩く三人に駆け寄った。何が楽しいのか、ゲラゲラ笑っている。今後、光友製薬から仕事を受注したとして、評価されるのは接待をセッティングした自分ではなく、その場を盛り上げたこの三人で、ひいては山辺部長に一番気に入られている西田なのだろう。

二次会を終えて帰宅したら零時を過ぎていた。さすがに両親も寝ている。今日は接待だと言ってあったから、夕飯も用意されていない。二次会も酒ばかりで何も食べられなかった。台所でカップラーメンにお湯を入れ、ダイニングテーブルの椅子に腰掛けてぼんやりと三分待った。こういうことがこの三年半、一体何度あっただろう。

大欠伸《おおあくび》をして、三分待たずにラーメンの蓋《ふた》を剝《は》いだ。まだ硬《かた》い麺を啜《すす》る。明日は土曜だ。久々に土曜出勤もないし、思いきり寝よう。

スルメイカみたいな食感の麺が、胸のあたりで詰まる。西田の《小突き》と「気が利かねえんだから」という言葉を思い出してしまう。

空になったカップラーメンの容器をゴミ箱に放り込み、シャワーを浴びた。部屋に戻ってスマホを確認すると、メールが何通か届いていた。クレジットカードがリボ払いを受付中だとか、通販サイトのオススメ商品のお知らせだとか。

その中に、今となっては懐《なつ》かしい就活サイトの名前を見つけた。

学生時代、散々世話になったサイトだ。あの頃は、毎日のように「○○社が説明会を始めた」とか「他の就活生はもう内定を獲得してるから君も頑張れ」なんてメールが届いた。卒業して以降、縁はなかったのに。

〈社会人生活も四年目……そろそろ転職を考える時期？〉

そんなタイトルに、堪《たま》らずベッドにスマホを投げつけていた。

なんだよ、なんだよなんだよなんだよ。就活生の頃は、新卒で会社員にならないと人生が終わりかのように、あんなに煽《あお》っておいて。何が「社会人生活も四年目」だ。そろそろ転職？

ふざけんなよ。俺の人生、俺の毎日、何だと思ってんだよ。

頑張って就活した自分も、死に物狂いで武蔵野広告社に入社した自分も、三年半働いてきた自分も、全部、馬鹿みたいに思えてくる。

「……転職しよっかな」

ベッドに突っ伏して、投げ捨てたスマホを睨みつけた。就活サイトに踊らされているようで悔《くや》しい。でも、西田に小突かれた胸が、今更ながら痛み出す。

仕事にやり甲斐《がい》がないわけでも、社内で酷《ひど》いいじめを受けているわけでもない。このままこの会社にいたら殺される、というほどの過酷《かこく》な勤務状態でもない。こんなことで転職だなんて。転職したくなってしまうだなんて。

でも、同時に、気づいてしまう。

こんなことで。こんなことで転職したいって思うくらい、俺は不満なんだ。

未谷千晴

「本当ですか！　ありがとうございます！　嬉しいです！」

電話口で叫んだら、「まるで未谷《ひつじたに》さんが内定したみたいですね」と困惑《こんわく》された。相手はネット通販会社の人事部員だ。

「来栖《くるす》さん！　宇佐美由夏《うさみゆか》さん、内定出ました！」

電話を切ってすぐ来栖のもとに飛んでいったら、「そう、よかったね」と淡泊《たんぱく》な返答をされ、その場で蹴躓《けつまず》きそうになる。聞こえてなかったんじゃないかと思い、もう一度言ってみる。

「宇佐美さんに内定が……」

「だから、よかったね。リスタートしてからもう十社落ちてるから、そろそろ挫《くじ》けちゃうんじゃないかと思ってたよ」

膝《ひざ》の上にシェパード・キャリアの看板猫であるタピオカをのせたまま、来栖はパソコンから視線を外《はず》さない。

一連の流れを側《そば》の席で見ていた広沢が、「冷たいなあ、来栖」と大声で笑った。

「未谷が初めて担当した求職者の内定なんだから、一緒に喜んであげればいいのに」

「だから『よかったね』って言っただろ」

「喜びを分かち合うっていうかさ、ハイタッチくらいしてあげなって」

いや、別にハイタッチはしたくない。千晴《ちはる》の本音《ほんね》を察したのか、来栖は小さく鼻を鳴らして、膝の上で丸くなるタピオカの耳の後ろを撫《な》でた。

「早く宇佐美さんに連絡してあげなよ。返答期限も伝えて、内定までのあれこれは未谷さんに任せるから」

そのへんはもう一人でできるだろ？　という顔をされ、千晴は大きく頷いた。

求職者に入社の意思確認をし、採用企業側に伝える。初出勤日の決定など細かな作業はあるが、無事入社となれば、あとは担当営業が企業に紹介料を請求する。それで転職エージェントの仕事は終了だ。

電話で宇佐美に内定を伝えると、彼女はすぐに入社の意思を示してくれた。いくつもの会社に応募しながら、やっと見つけたネット通販会社の企画職。宇佐美も「絶対ここで働きたいです」と意気込んでいた。

「明日からでも出勤します！」と鼻息荒く内定を受諾《じゅだく》した彼女に今後の流れをメールし、内定先企業の担当営業と共有する。

「未谷さん」

ふう、と一息ついたら、それを見越したように来栖に名前を呼ばれた。彼は何故《なぜ》か、通勤用のリュックサックを背負って、タピオカを広沢の机に移動させた。タピオカは、オフィスに来栖がいると必ず彼の回りをうろちょろしている。そのタピオカを広沢のところに連れて行くのは、彼が外出する合図《あいず》だ。

「昼飯行くよ」

木製の一本杖をつき、左足をわずかに引き摺《ず》って、千晴の前を通りすぎていく。

「……え？」

声は予想以上に大きくなって、来栖にも届いていた。

「だから、昼飯行くよ」

隣の席に座る広沢が噴《ふ》き出したのが聞こえたけれど、構っていられなかった。鞄《かばん》を引っ摑《つか》み、千晴を置いてさっさと行ってしまった来栖を追いかける。広沢に「頑張ってねー」と声をかけられたが、一体何を頑張ればいいかわからない。

エレベーターの扉を開けて来栖が待ってくれていた。「お待たせしました！」と駆け込むと、彼は何も言わず一階のボタンを押した。

「あの、私、何かやらかしましたか？」

来栖の握る、天然石のような綺麗《きれい》な模様《もよう》をした杖の持ち手を凝視《ぎようし》しながら、聞いてみる。

「なんでそう思うの」

「いや……経験上、上司に突然呼び出されるのは、大抵ヘマをしたときなので」

「君の元上司の顔が見てみたいよ」

エレベーターが一階に着く。真意の窺《うかが》えない顔で千晴を振り返った来栖は、それ以上何も言わず新宿駅方面に歩いていった。カツン、カツンと杖が乾いた音で鳴る。七月の蒸し暑さの中でも、来栖の杖の音は冷ややかだった。

杖をつく彼の歩調はゆっくりで、気を抜くとすぐに追い越してしまう。慌てて歩幅を狭くすると彼と肩を並べて歩くことになってしまい、無言なのも気持ち悪くて「今日も暑いですね」と、どうでもいいことを口にしてしまう。案《あん》の定《じよう》、来栖の返事は素《そ》っ気《け》ない。

来栖が向かったのは、新宿駅から離れたところにある喫茶店だった。大通りから一本入った路地裏の、半地下の薄暗い店。ランチタイムだというのにお客がほとんどいない。

「今から人と会うから、こっち座って」

向かい合って座ろうとした千晴に、来栖が自分の隣を指さす。席を移動しながら、千晴は

「人、とは？」と問いかけた。

「求職者だよ。夜も土日も突然仕事が入る可能性があるから、昼休憩の間に面談したいって」

「……なんで事前に教えてくれないんですか」

千晴の抗議を聞き流し、来栖はメニューを広げて顎《あご》に手をやって吟味《ぎんみ》し始めた。

「注意深く見ておくといいよ。今度の求職者は、未谷さんによく似てる」

どういうことですか？　と聞こうとしたら、来栖が腕時計を確認した。同時に、店に若い男性が一人、入ってくる。ガランとした店内に響いたドアの開閉音は、妙に大きく聞こえた。

来栖がテーブルの縁《ふち》を摑んで立ち上がる。千晴も後に続き、入ってきた男に一礼した。

「すみません、遅くなりました」

グレーのスーツを着た彼は、千晴と同い年くらいに見えた。落ち着いたブラウンの短髪が、薄暗い店内でも清々《すがすが》しい印象だ。彼はすぐさま名刺入れを出し、来栖と名刺交換をする。千晴も自分の名刺を差し出し、彼のものを受け取った。

武蔵野広告社　第二営業局　笹川直哉

見慣れた会社名とロゴマークに、千晴は咄嗟に「武蔵野広告社……」と口にしてしまった。

「あ、ご存じですか？」

椅子に腰を下ろした笹川が、白い歯を覗《のぞ》かせて笑う。爽《さわ》やかな謙遜《けんそん》の仕方だった。武蔵野広告社といったら、一之宮企画と並ぶ大手広告代理店だ。

「私、前職が広告代理店だったので……」

笹川の笑顔に押されて口が滑《すべ》ってしまう。すぐに笹川が「え、本当ですか?」と聞いてきた。

「ちなみに、どちらの会社にいらっしゃったんですか?」

「一之宮企画、というところに」

「ええっ、一之宮にいらっしゃったんですかっ? 超大手じゃないですか。どうして転職しちゃったんですか?」

そこまで言って、笹川が「あっ」と来栖を見る。彼は涼《すず》しい顔で「とりあえず先にご注文をどうぞ」とメニューを差し出した。

「笹川さん、随分《ずいぶん》とお忙しいようですね」

「夜や土日だと急に仕事が入ることがあるので、ご足労《そくろう》いただいてすみません」

汗ばんだ後頭部を掻《か》きながら、「まだまだ下っ端ですから」と笹川は肩を竦めた。

「僕達はオフィスが新宿なので全く問題ないです。武蔵野広告社は渋谷ですよね。笹川さんこそ、お時間は大丈夫《だいじょうぶ》なんですか?」

「外回りの帰りなので、今日は少し時間に余裕があるんです。会社の側で転職エージェントの方と面談するわけにもいかないですし」

店員が「ご注文はお決まりですか?」とやって来る。注文を終えると、来栖はリュックから書類の束を取り出した。半分を、何も言わず千晴に渡してくる。笹川がシェパード・キャリアに登録した履歴書《りれきしょ》だ。

「時間もないですし早速面談を始めたいと思うんですが、武蔵野広告社なんて大手に勤務されているのに、どうして転職したいと考えられたんですか？」

お冷やを一口飲んだ笹川が「ああ、それは……」と言い淀《よど》む。武蔵野広告社は、一之宮企画のライバル企業だ。千晴も何度もコンペで競合した。そんな大手から転職したいだなんて、余《よ》程《ほど》の理由があるに違いない。

そう、例えば——。

「『とりあえず三年働こう』の三年が過ぎたから転職を決意したって顔ですよね」

来栖の言葉に、堪らず千晴は頭を抱えた。テーブルに両肘《りょうひじ》が当たって、ゴンと大きな音を立てた。どうして、どうしてこの人はこうなんだ。

笹川は何度か瞬《まばた》きを繰り返し、「あはは……」と乾いた笑いをこぼす。

「シェパード・キャリアさんに登録しようと思ったきっかけは、学生時代使ってた就活サイトから『三年たったし転職だ』って内容のメールが届いたからなんですけど」

「なら、どうして馴染《なじ》みのある会社ではなくうちを選んだんですか」

また、笹川は笑う。あはは、と。

「仕事が忙しいんで、エージェントを使った方がスムーズかなって思って。それに、なんか腹立つじゃないですか。学生時代に散々就活しろって煽り立ててきた会社のサービスを使って、

心してしまった。

「人材紹介サービスって、そうやって成り立ってますからね」

平坦《へいたん》な声で言って、来栖はあの話をした。未経験業界に行けるのは二十五歳まで、三十五歳が転職限界年齢と言われている、という先制パンチを。本当に誰にでも話すのだなと、隣で感心してしまった。

「といっても笹川さんはまだ二十五歳ですし、学歴も経歴《けいれき》もとても立派です。転職活動を始めれば、貴方《あなた》をほしいと言う企業は多いと思いますよ」

さり気なく、千晴は笹川の履歴書を見た。武蔵野広告社の営業マンともなれば、もちろん有名大学の出身だ。履歴書には、高校、大学とサッカー部だったとも書かれていた。大学時代は経済学部で、短いながらアメリカ留学の経験もある。語学力にも長《た》けているようだ。

「あ、本当ですか。嬉しいです!」

高学歴で、運動部の出身。大手広告代理店の営業。はきはきした元気な印象の若い男性。確かに、どんな会社へ面接に行っても好印象を持たれるだろう。

それくらい、企業が求める「若者像」を体現している人だった。

「せっかく武蔵野広告社に入れたのに、転職してしまっていいんですか?」

来栖が聞くのと同時に、店員が大きなお盆を抱えてやって来た。笹川の前にオムライスを置き、千晴と来栖の前にナポリタンを置く。銀色の艶《つや》やかなお皿の上に盛られた料理は、店内のレトロな雰囲気《ふんいき》と相まって美味《おい》しそうに見えた。

来栖が「時間もないですし、食べながらどうぞ」とフォークを手に取ったけれど、笹川はしばらく神妙《しんみょう》な顔でオムライスにかかった真っ赤なケチャップを睨みつけていた。

「もったいないとは、思うんですよ。苦労していい会社に入ったのに、って」

来栖がフォークに巻きつけたナポリタンを口に入れようとしたとき、笹川は呟《つぶや》いた。

「広告の仕事は好きです。やり甲斐もあると思ってます。ただ、職場の評価制度に不満があるというか……自分の仕事が適切に評価されていない気がずっとしていて」

「実績を適切に評価される職場に移りたい、と」

言い淀む笹川の言葉を奪《うば》うように、来栖が続けた。

「甘い……ですかね？　ネットでいろいろ調べてみたんですけど、『転職する前に職場ともっとコミュニケーションを取るべき』みたいな意見がいっぱい出てきて」

眉《まゆ》をわずかに寄せて、笹川は大きなスプーンでオムライスを頬張る。直後、何故か「ん？」と首を傾《かし》げた。来栖は構わず話の続きを始めてしまう。

「労働に見合った評価や報酬《ほうしゅう》を求めるのは当然のことです。評価制度に社員の意見を反映する職場なら不満を口にするのもいいでしょうが、そういう企業ばかりでもないですからね」

「そうですよね！　うちはそんな社風ではないというか、上の意見は絶対、みたいな体育会系な会社なので、若手の僕が不満を口にするのはちょっと無理かなあ、って」

来栖が笹川の転職したい気持ちを折るような毒舌を吐く予感がして、千晴は「でしたら、人事評価制度がはっきりしている企業をこちらでリサーチします」と努めて明るく言った。恐る恐る来栖の顔を窺ってみたが、彼は表情を変えずにナポリタンを食べ続けていた。

「未谷の言う通り、評価制度については注意して求人をご紹介します。転職先はやはり、今と同じ広告業界がよろしいですか？」

「はい。まだまだやりたいこと、いっぱいあるんで」

食事をしながら希望年収や勤務地のすり合わせをし、会社に戻る時間が迫ってきた笹川は、「今後ともよろしくお願いします！」と一礼して、慌《あわ》ただしく店を出て行った。

「武蔵野広告社の方だったんですね、私と似てる求職者って」

歳も近いし、入社三年ほどで転職しようとしている。しかも営業職。実家暮らしの一人っ子だと面談の合間に話していたから、そんなところも千晴とそっくりだ。

「同じ広告業界にいた人間として、未谷さんはどう思う」

冷めたナポリタンを口に運びながら、どう思うって言われてもなあ、と千晴は唸《うな》った。

「武蔵野広告社、業界内でも体育会系というか、結構厳《きび》しいところだと聞いていたので、笹川さんの気持ちはよくわかります」

「未谷さんが言うなら、余程だ」

皮肉なんだろうか、それとも嫌味《いやみ》なんだろうか。紙ナプキンで口元を拭《ぬぐ》った来栖は、千晴を横目に、ふと表情を消した。

「作ってる感じがひしひしと伝わってくる人だ、って思わなかった？」

「作ってる？」

「職場の偉いおじさん達に受けるような、典型的な元気で聞き分けのいいハキハキした若者を演出してる、って感じだ。ああいう人って、面接こそ難なくこなすんだけど、そのときのキャラのまま勤務するのがしんどくなってくると、途端《とたん》に会社が地獄になるんだよ」

身に覚えがあって、咄嗟に相槌《あいづち》が打てなかった。千晴が就活をしていた頃だって、就活サイトや就活本に書いてあった「面接で好印象を与える学生像」を、誰もが必死にまとおうとした。

「本来の自分」なんて必要なかった。「内定をもらえる好印象の誰か」になる必要があった。

「それは、来栖さんが今までそういう転職者をたくさん見てきたってことですか？」

「数えきれなくなって、数えるのをやめたほどね」

腕を組んで小さく息をついた来栖が、ちらりと千晴の手元を流し見る。空になったナポリタンの皿に、何故か苦笑する。

「美味しくないんだよなあ」

小声で、そんなことを言ってきた。

「ここ、たまに来ては毎回違うものを頼むのに、どれも絶妙に美味しくない」

「……そうなんですか？」

ちらりとカウンターの向こうを見たが、店員は店の隅に置かれたテレビを見ていて、千晴達の話など聞こえていないようだ。

「未谷さん、気づかなかったの？　笹川さんも、一口食べて怪訝《けげん》な顔してたけど」

あの困惑顔は、美味しくなかったからなのか。見た目は昔ながらの喫茶店メニューという雰囲気だから、期待と現実の落差が大きかったのだろうか。

「私、馬鹿舌なので。《美味しい》って思うハードルが低いんです」

試しに、スマホでこの店の名前を検索した。口コミサイトが一番上に出てくる。レビューの星は2・25だった。2・25なんて、初めて見た気がする。

「この星の数だと、味に期待してもしょうがないのでは……」

「未谷さんも、レビューサイトで店を選ぶんだね」

「元広告代理店の人間が言うのもなんだと思いますが、『美味しいよ』って宣伝されるより、実際に行った人の『美味しかった』の方が信用できると思いませんか？　特に最近は露骨《ろこつ》な宣伝が嫌われて、一般人のレビューの方が重視されますし」

「見ず知らずの他人の言ったことを信用してるって意味では、どっちも一緒だと思うけどね」

「でも、口コミを信じて行ってみて、万が一美味しくないお店だったら、『でも口コミで高評価だったんだからしょうがない』って諦《あきら》めがつくじゃないですか」

自分の勘《かん》を信じて失敗したらがっかりするけれど、その他大勢の評価に従った結果なら、しようがないと思える。

どうやら、来栖の考えはそうではないみたいだ。

「『お前は自分で自分のことを選択できない愚《おろ》か者だ』って言われてるみたいで、嫌なんだよ」

「じゃあ、来栖さんは口コミもレビューサイトも絶対に見ないんですか？」

「勘で店を選んで、何故か絶妙に美味しくない店によく当たる。ここみたいに」

納得がいかないという顔で首を傾げる来栖に、千晴は「えええ？」と声を上げた。

「なら、尚《なお》のこと口コミサイトを見ればいいじゃないですか。それに、美味しくないってわかってて、なんで何度も来るんですか？」

「そういう失敗を甘んじて受け入れたっていいだろ。何度か通ってるうちに、美味い料理が出てくることもあるんじゃないかって期待もしてるし」

時間を確認した来栖が、「そろそろ行こうか」と席を立つ。会計をする来栖の後ろで、この人はきっと心に余裕があるから――魔王様なんて異名《いみょう》を持って、初対面の求職者に辛辣《しんらつ》な言葉を吐ける性格だから、そんな風に考えるんだろうと結論づけた。

オフィスに戻ったら、真っ先に広沢に「未谷ぃ、来栖厳選の不味《まず》い店、どうだった？」と聞かれた。どうやら、来栖のレビューサイト嫌い（と、不味い店を引き当てる特技）はシェパード・キャリアでは周知のことらしい。

「別に、不味い店を積極的に選んでるわけじゃないからな」

広沢と千晴を軽やかに睨んで、来栖は午後の仕事に戻っていった。

◇　◇　◇

「未谷、まだ帰らないの？」

八時を過ぎたのを見計らったように、広沢が聞いてきた。シェパード・キャリアの平日の面談時間は午後八時までだから、大半の社員は今日の仕事を終えて帰り支度《じたく》をしている。

「面談予定の求職者が、仕事が終わらなくてまだ来てないんです」

「それって、昼に言ってた武蔵野広告社の笹川って男の子？」

先日面談をした笹川に求人を紹介したところ、相談にのってほしいというメールが届いた。しかも、来栖ではなく、千晴に個人的に相談をしたい、と。

「なんだろうねえ、個人的な相談って。ねえ、来栖も同席してあげたらー？」

広沢が椅子をくるりと回して、来栖を見る。パソコンに向かう彼の横から、タピオカがキーボードの上に寝そべろうとする。

「俺はお呼びじゃないみたいだから。未谷さん個人に話を聞いてほしいみたいだし」

来栖がタピオカを抱き上げて、広沢の机に移動させる。タピオカを捕まえるように膝に抱えた広沢が、「えー、冷たいの」と、いたずらっぽく笑った。

そのとき、仕事用のスマホに着信があった。笹川からだ。ワンコールで通話ボタンを押すと、「新宿駅に着きました！」と笹川が叫んだ。息が乱れている。駅の雑踏《ざっとう》の中を走っているのが、背後からの音でわかった。

シェパード・キャリアまで徒歩五分はかかるのに、笹川は一分ほどで到着した。息も絶え絶えに面談ブースに顔を出した彼に、ホットコーヒーではなく冷たい麦茶を出す。

「すいません！　明日提出のデザインに突然上司が駄目《だめ》出しし始めて、制作の人間と今朝《けさ》から作り直してて……徹夜も覚悟したんですけど、後輩のデザイナーが頑張ってくれて、なんとか退社できました」

　疲れた顔でヘラヘラと笑う笹川を見ていたら、似たような経験を思い出して胸のあたりが緊張した。

「笹川さん、個人的な相談とというのは？」

「個人的な相談というか、同じ広告業界にいた未谷さんにお聞きしたいことがあって」

　息を整えた笹川が、姿勢を正して千晴を見る。

「率直にお聞きします。言いにくかったら答えていただかなくてもいいんですけど……未谷さん、どうして一之宮企画を辞めたんですか？」

　ああ、やっぱり。メールをもらったときから、この質問が飛んでくる予感がしていた。

「競合他社だからわかるんですよ。一之宮企画を辞めちゃったのはもったいないって。あそこなら大きな仕事がたくさんできて、やり甲斐もあったでしょうし」

「確かに大規模な仕事がいくらでもある会社でしたけど、私にはちょっと激務すぎて」

　体を壊《こわ》したと言わなくても、どうやら笹川には伝わったようだ。「うちも大概《たいがい》ですけど、一之宮企画さんも結構有名ですからねー」なんて苦笑《にがわら》いを浮かべる。

「あとは……職場の、人間関係？　とかも、いろいろあって」

「それって、上司と上手《うま》くいかなかったってことですか？　それとも同僚？」

　ぐい、と前のめりになった笹川に、思わず千晴は身を引いた。キャスター付きの椅子がキィと鳴って、ほんのちょっと後退する。

「そうですね、主に上司とです」

「やっぱり、未谷さんもそうだったんですね。広告代理店らしく、体育会系パワハラ上司だったんですか？」

言いながら、笹川がぱっと笑顔になった。迷子になった街中で、知り合いを見つけたみたいな顔。ああ、この人もそうなんだ。笹川は千晴に似ていると言った来栖の声が、炎がくすぶるように耳の奥で蘇《よみがえ》った。

「この前の面談では、評価制度に不満があるって言いましたけど。要するになにをやっても文句を言われる職場なんですよ。若手を褒《ほ》めたら図に乗って努力を怠《おこた》ると思ってるんですよね」

彼の口から、不満がするすると滑り出てくる。饒舌《じょうぜつ》っぷりに千晴はただ相槌を打った。

「うちの上司は本当に酷くて。無理難題を寄こすくせに、こっちが丸く収めても評価一つしないし。自分を人望があって慕われてるリーダシップのある上司って思ってるのか、『お前も俺みたいになれるように頑張れ』って顔で説教してくるし。若手が必死に新規案件を取ってきても『そんな小さな案件取ったくらいで調子に乗るな』ですよ？　自分は新規開拓もしないで、前の担当者から引き継いだ得意先から大きな仕事を取ってきてるだけなのに」

口調《くちょう》こそ面談のときと同じ丁寧《ていねい》なものなのに、言葉の一つひとつが徐々にささくれ立っていく。ハキハキと元気な若者の顔が剝がれていく。現れたのは、ほどほどに愚痴《ぐち》っぽくて、ほどほどに不満を根に持つタイプの、年相応《そうおう》の頑張り屋な青年だった。

「こうやって話すと、本当に、碌な職場じゃないって感じがしてきますね。さっさと転職するべきなのかな」

この人は、今、私に「転職した方がいいですよ」と言ってほしいんだ。

彼の中にはきっと「この程度で転職していいんだろうか」という迷いがあって、それを断ち切るために千晴に「転職すべきだ」と言ってほしがっている。

宇佐美と一緒だ。そして、転職活動をしていた頃の千晴と一緒だ。誰かに正解を教えてほしい。あのとき、来栖には千晴がこんな風に見えていたんだろうか。

「笹川さんが転職すべきかどうか、それは笹川さんにしかわからないです」

ごめんなさい、と小さく頭を下げると、笹川はすぐに「いえいえ、僕こそ愚痴ばっかり言ってすみません」と首を左右に振った。何度も何度も振って、表情を初対面のときの爽やかな好青年のものに戻していく。

「こちらから何件か求人票をお送りしていたと思いますが、いかがでしたか？」

「確かに広告の仕事はできますけど、ネットでいろいろ調べてみたら、あんまりいい評判がなくて」

「ネットというのは、転職口コミサイトですか？」

シェパード・キャリアで働いて三ヶ月が過ぎた。紹介した求人に対し、「口コミサイトでブラックだって書かれてて……」と相談してくる求職者が何人もいた。笹川も例に漏《も》れず、だったようだ。

「やっぱり、実際に働いてた人の話が一番参考になるかなと思って」

口コミサイトの匿名《とくめい》の意見をそこまで信用していいのだろうか。仮にも、広告業界にいるのに。無意識に渋い顔をしてしまって、千晴は慌てて「そうですか」と口角《こうかく》を上げた。あからさまな作り笑いになってしまった。

第三者の意見という意味では、彼にとって口コミサイトもＣＡの意見も大差ないのかもしれない。


結局、話はそこから特に盛り上がらなかった。答えなんて何も出ていないのに、「じゃあ、いろいろ検討してみます」なんて言って、笹川は帰っていった。十時を回り、シェパード・キャリアの入るフロアは静まり返っていた。

「随分付き合ってあげたんだね」

誰もいないだろうと思ってオフィスに戻ると、窓際《まどぎわ》の席で来栖がキーボードを叩いていた。急ぎの仕事というわけではないのが、ゆったりとした手つきから伝わってくる。

「来栖さん、面談が終わるの待っててくださったんですか？」

振り返った来栖の顔を見て、あ、違うな、と察した。

「俺は君の教育係なの。常識的に考えて放って帰るわけにいかないだろ」

「それは……すみませんでした」

待ちくたびれた、という顔で来栖は帰り支度を始めた。駅までの道中で笹川のことを報告しようと、千晴も急いで自分の鞄に荷物を詰め込む。

「飯食って帰るぞ。店選んで」

来栖がそんなことを言い出したのは、ビルを出て新宿駅に向かって歩き出したときだった。

「え、行くんですかっ？」

「嫌なら別に構わないけど。笹川直哉のこと、何も報告する必要がないなら」

「行きます行きます、むしろ相談させてください」

十時過ぎでも、夜の新宿はまだまだ賑《にぎ》やかだ。飲食店もよりどりみどりなのだが、夜に飲み歩くこともしないから、すぐにちょうどいい店が浮かばない。レビューサイトを開こうとして、慌ててスマホを鞄に仕舞った。

「来栖さん、適当に入ったお店が美味しくなくても、文句言わない主義なんですよね？」

念のため確認すると、来栖は受けて立つという顔で「当然」と返してきた。かつん、とアスファルトで杖の先が鳴った。七月のねっとりとした暑さの中、軽やかで涼しい音だった。

「はい、じゃあ、あそこで」

角を曲がって一番に目についた店を指さす。店名を確認すると、餃子《ギョーザ》専門店だった。宣言通り、来栖は文句を言うことなく店に入った。熱帯夜に負けじと冷房を利かせた店内は思いの外《ほか》空《す》いており、すぐにテーブル席に通してもらえた。

「未谷さん、嫌いな食べ物は？」

席に着いた途端、来栖がメニューを広げて聞いてくる。

「パクチー以外なら何でも」

「奇遇《きぐう》なことに俺も嫌いだよ」

来栖は通りがかった店員に適当に注文をしていった。最後に千晴に向かって「飲み物は?」と聞く。千晴に何が食べたいか聞いたところで、どうせ「何でもいい」としか答えないと理解している顔だ。

店員が氷がぎっしり詰まったウーロン茶のグラスを二つ運んでくる。さり気なく「お疲れ様です」と自分のグラスを差し出してみたら、彼はちゃんと乾杯をしてくれた。やっとのことでこの人と仕事仲間らしいコミュニケーションが取れた気がした。

「来栖さんは、お酒を飲まないんですか?」

「足がこうなってからは飲むのをやめた」

ああ、質問を間違った。完全に間違った。なんて返せばいいのかわからない。

「いや、固まるなよ。足のことは別に隠してるわけじゃないんだから」

涼しい顔で言った来栖が、テーブルの脇に立てかけてあった杖の柄《え》を指先で小突く。

「二十六のときに事故で不自由になった。杖がなくても一応は歩けるけど、走るのは無理」

なんてことない様子で説明するから、ますますどういう顔をするべきなのかわからない。

「この話をして気の利いたことを返すのは難易度が高いだろうから、さっさと話を変えるといいよ」

「お気遣いありがとうございます」

ふて腐《くさ》れた言い方になってしまい、逃げるようにウーロン茶を一気に半分ほど飲む。笹川と一時間以上話したせいで喉が渇いていた。

「笹川さん、転職するかどうかまだ決めかねているようでした。シェパード・キャリアに登録したのも、上司と上手くいかない憂《う》さ晴らしの方が大きいんじゃないでしょうか。評価制度どうこうというより、上司が嫌いだから会社を辞めたい、という印象を受けました」

「人の顔色を窺うのが上手なだけあって、よく分析できてると思うよ」

「……どうもありがとうございます」

だから、どうして一言多いんだろう、この魔王様は。

「未谷さんも、うちで三ヶ月以上働いてるんだからわかるだろ。転職エージェントに来る求職者は、転職の確固たる意志を持った人間が、よくて半分。あとはなんだかんだ言って、どうしようか迷ってる人間だ。面談でCAに現在の仕事の話をしたり、勧められた求人票を見ているうちにその気になる、なんて人も多い」

「転職エージェントからしたら、そういう人に転職を勧めて、ガンガン転職してもらうべきっていうか……そうしないと商売として成り立たない、ですよね？」

千晴と面談をしたとき、来栖もそう言った。自分達の給料は求人企業からの紹介料で賄《まかな》われる。求職者が転職を決めないと、転職エージェントのビジネスは成立しない。だから時として、求職者の希望を無視した求人を強引に紹介してくるエージェントもいる。

「なのに、来栖さんは転職を思い止《とど》まらせたり……転職する気が失《う》せるようなことを、どうして求職者に言うんですか？」

千晴が言い終えるのと同時に、店員が餃子を運んできた。焼餃子に海鮮《かいせん》餃子に、中身がわからない日替わり餃子なるものもあった。

「宇佐美さんは結果として転職できましたし、内定を断った寺田ソフトには別の方が内定しましたけど。私をジーヴス・デザインに入社させていれば、来栖さんの実績になったのに」

「《安物買いの銭失い》になりたくないだけだよ」

焼餃子を口に運びながら、来栖がさらりと答える。

「それ、私をジーヴスに入れるのは、《安物買い》だったってことですか？」

「事実そうだろ？　君をジーヴスに入れたら、どうせ三年後くらいにまた体を壊して退社して、向こうの人事部は『せっかく中途採用した人材が三年で辞めてしまった』って溜め息をつく。次はシェパード・キャリアを使わないかもな」

ぐうの音《ね》も出ず、千晴は側にあった日替わり餃子を箸《はし》で摑んでかぶりついた。ぱりぱりに焼かれた皮から肉汁がぶわっと溢《あふ》れ出てきたから、きっとここはアタリの店だろう。

「未谷さんはいい店選びの勘を持ってるようだ」

来栖もちょうど同じことを思ったみたいだ。「それはよかったです」と、日替わり餃子の皿を来栖の方に寄せた。

「笹川直哉のことだけど、今日、あそこで『転職するべきです』と言うのが転職エージェントのCAとしては正解だっただろうな。じゃなきゃ、うちの利益にならないから」

「ちょっと待ってください。来栖さん、私と笹川さんの面談、ばっちり聞いてるじゃないですか。立ち聞きしてたんですか？」

「そりゃあ、君の教育係だからね」

にやりと笑った彼に、千晴は溜め息を我慢するのをやめた。聞いていたなら、アドバイスの一つもしてくれればよかったのに。

「でも、来栖さんなら絶対にそんなこと言わないと思ったんですけど」

「そりゃあ、俺は言わないよ。自分のことすら自分で決められない奴のために、なんで俺が代わりに選択してやらなきゃいけないんだって話だ」

スマホを取り出した来栖が、転職口コミサイトを開いて見せてくる。従業員の口コミだけでなく、「働きやすさ」や「人間関係の良好さ」を星の数で評価付けするシステムになっていて、千晴は目を瞠《みは》った。「ブラック企業指数」なんてものまである。

「食べ物屋ならまだしも、転職すら口コミサイトの誰かの意見を当てにしてどうする。お前の未来は口コミサイトを覗いたらレビュアーが格付けしてくれてるのか、って話だ」

撤回しよう。この人が面談に同席していなくてよかった。きっと、今言ったようなことを笹川本人に言ってしまっただろうから。

「みんな、正解がほしいんですよ。人生には選択肢がたくさんあって、どれを選んだらいいかわからないから。一度失敗したらおしまいだって気がするから。誰かに正解を教えてほしいんです。転職エージェントが必ずしも求職者の側に立つわけじゃないって言ったの、来栖さんじゃないですか。求職者がネットの意見を参考にしたくなるのも無理ないですよ」

飲食店を一つ選ぶのだって、選ぶ側からしたら大変なのだ。お金を払うからには美味しいものが食べたい。自分の判断で選ぶことが難しいから、誰かに頼る。誰かが格付けした星の数に頼る。転職先なんて尚更《なおさら》だ。

「私だって、一之宮企画に入社することを決めたのは、内定をもらった会社の中で一番大きな会社で、いろんな人が内定を喜んでくれたからです。喜んでもらえたから、ここが正解に違いないって」

自分もそう。宇佐美も、笹川もそう。決めるのは自分だとわかっていても、それでも誰かの意見がほしい。意見を集めれば集めるほど、自分の肩にのしかかる責任が少なくなる。不安がなくなる。「だって、みんながこうした方がいいって言ったんだもん」と言い訳できる。

自分の人生に、言い訳ができる。

「でも、笹川さんは私よりマシだと思います。あの人は、自分が評価されない環境を、ちゃんとおかしいって思ってるから」

「君は、評価されないのは自分が至らないからだ、って思っていたんだろうからね」

その通りだ。ぐうの音も出ないくらい、その通りだ。

日替わり餃子をひょいと口に入れた来栖の顔が、突如《とつじょ》怪訝なものに変わり、眉間《みけん》に深い皺《しわ》が寄った。

「ねえ、この日替わり餃子、パクチー入ってない？」

「……え？」

皿に残った日替わり餃子を囓って具を確認した。ニラの代わりにパクチーがたっぷり入っている。一口で食べたときは気にならなかった香草のツンとした匂いが、断面から漂《ただよ》ってくる。

「ああー……入ってますね」

「未谷さん、二つも食べたのに気づかなかったの？」

「すみません、話すのに夢中で全然気づきませんでした」

「この味で気づかないってある？」

来栖の声がほんの少し高くなる。こんな風に戸惑《とまど》う彼を初めて見たから、千晴は慌てて口元を両手で覆《おお》った。

千晴が笑いを嚙み殺しているとでも思ったのか、来栖は不機嫌《ふきげん》そうに鼻を鳴らした。

笹川直哉

「いいんじゃないでしょうか。やる気はある爽やかな若者って感じで」

模擬《もぎ》面接を終えた直哉を、面接官役を担当したＣＡの来栖は、どこか嫌味っぽく評価した。

いや、《どこか》じゃない。絶対に、今のは嫌味だ。来栖の隣でビデオを回していた未谷が、こっそり眉間を押さえてうな垂《だ》れている。

「そうですか……ありがとうございます」

せっかく鈍感《どんかん》なふりをしたのに、来栖はさらに続けた。

「従順そうで元気でコミュニケーション能力に長けた若造キャラなら、笹川さんは星5ですよ。ずっとそのキャラのまま仕事を続けるなら、これでもいいんじゃないでしょうか」

転職口コミサイトのレビューを理由に、何件かの求人にNGを出した俺への嫌味だろうか。

未谷に面談という名の個人的な相談をしてから数日後、シェパード・キャリアから新たな求人票が送られてきた。来栖と未谷が特に勧めてきたのが、インターネット広告事業を展開するサイモンリンクという広告代理店だった。国内のネット広告市場を牽引《けんいん》してきた有名企業だ。

求人は企画・マーケティングの部署の募集で、年収は今よりアップする。若い社員の多いオープンな職場で、人事評価制度も公平でしっかりしていると聞かされて(しかも口コミの評価も高かった)、書類審査を受けることにした。

予想以上にあっさりと面接に進むことができ、こうして平日の夜に模擬面接をしている。面接の本番は明日。直哉が在職中と知って、人事担当は夜七時から面接をセッティングしてくれた。人事部だけでなく、現場マネージャーも同席するらしい。

「笹川さんをある程度《ほしい》と思っているということですね」と、来栖が模擬面接の前に言っていた。単純だと自分でも思うが、それが嬉しくて面接当日は半休を取った。

面接は就活生の頃に散々受けたし、ノウハウだってある。必要なのは素《す》の自分を出すことよりも、如何《いか》に相手が必要としている人材を演じられるかどうかだ。

素の自分で面接して採用してもらえるなら苦労しない。そんなの、来栖にだってわかるはずだ。この人だって、学生時代に就活戦線をくぐり抜けて社会人になったんだろうから。

どうして、上の世代の人間は自分にできなかったことを俺達に求めるんだ。それとも、できなかった自分のことなんて、綺麗さっぱり忘れてしまうんだろうか。

「いやあ、だって僕は、今の会社で《元気で素直な若者》ってところしか評価されてないですし」

あはは、と笑ってみせる。テーブルと椅子があるだけの狭い面談室の空気は、全く軽くならなかった。

「それは貴方の周りの評価でしょう？　貴方は自分をどう評価してるんですか？　大体、自分が評価されてないのが不満だから、転職したいんですよね？」

今の直哉の一番痛いところを、触れられたくないところを、来栖が鋭《するど》い槍《やり》で突いてくる。ぐさり、ぐさり、と浅い傷を作っていき……とどめの一撃が飛んでくる。

「実は、自分はたいして評価される人間じゃないと、心のどこかで思ってるんじゃないですか？　今の会社に不満はあるけど、よそに行ったところで、やっていけるとは限らないって」

直哉が愛想笑いを浮かべるより早く、未谷が「すみません」と律儀《りちぎ》に謝罪してから、来栖の左足を踏んだ。来栖が「痛っ！」と声を上げる。

「あのさ、俺の左足、不自由とはいえ痛覚はあるんだからね？」

「だから、先に謝《あやま》ったじゃないですかっ」

直哉に向き直った未谷が、深々と頭を下げてくる。

「あの、要するに来栖が言いたいのはですね……教科書通りの好青年を演じるより、もう少し素の笹川さんで面接に臨んでもいいのではないか、ということです」

「ですよね？　と未谷が来栖を見る。仏頂面《ぶっちょうづら》で彼は「オブラートに包むとそうなりますね」なんて言い捨てた。

「今やった面接を本番でやっても、恐らくマイナスの評価はされないです。あとは、入社後の笹川さんの働き方というか、どういう人間として振る舞うかという問題だと思いますよ」

自分の《やる気がある爽やかな若者》なんかより余程嘘っぽく微笑《ほほえ》んだ来栖に、何か言い返してやれることはないか、しばし考えた。

でも、何一つ出てこない。

俺を格付けするとしたら、星の数は一体いくつなのだろう。「適切な評価を受けられない」と言いながら、本心では嫌な上司から逃げたいだけな俺を、誰か、評価してほしい。他の誰でもない俺のために、いくつでもいいから星をつけてほしい。

自分の星の数が多いとわかれば、自信を持って転職できる。どこの会社でもやっていけると、確証が得られるのに。現実は口コミサイトみたいにはいかない。

◇　◇　◇

テレビで取り上げられていた洋菓子店を出先で見つけて、手土産用に一箱包んでもらった。

つい先日まで無理を言って再三デザインの修正をしてもらったデザインチームへ、お礼とお詫《わ》びの品だ。これをデザイン部へ届けて、午後は休みを取る。夜には面接だ。カフェで時間を潰《つぶ》しながら、面接での受け答えを最後まで練《ね》ろう。

紙袋を提《さ》げて第二営業局のフロアに戻った瞬間、「おい笹川！」と西田の怒鳴り声が飛んできた。

ああ、悪いことが起こった。直感でそう思って、直哉は手土産の洋菓子を自分のデスクに置いて、彼のもとに飛んでいった。

「何かありましたか？」

西田は電話をしていた。電話機の保留ランプが、チカチカと赤く点滅している。

「おい、どうなってんだ。光友製薬の折り込みフライヤー、修正しろって言ったところが直ってねえじゃねえか」

え？　と直哉が声を上げるより早く、西田が保留ボタンを押す。どうやら相手は光友製薬の担当者のようだ。平謝《ひらあやま》りしながら、「すぐに修正させますので」と繰り返す。

度重《たびかさ》なる接待のおかげで光友製薬の山辺部長に西田は気に入られており、この夏、新商品のデオドラント製品のプロモーションを一括《いっかつ》受注した。その一環で、若者の大勢集まる音楽フェスに協賛し、会場で試供品を大々的に配布することが決まっている。話をまとめた西田は、進行管理をすべて直哉に任せた——というか、押しつけた。

折り込みフライヤーは、フェス会場で試供品と共に配る。すでに校了し、週末のフェスに向けて印刷も完了している。

「山辺部長にはくれぐれもご心配なくとお伝えください」と言って電話を切った西田は、それまでの腰の低さから一変し、問題のフライヤーを直哉に投げつけてきた。

「何やってくれてんだ」

Ａ４の紙切れは、直哉の胸に当たって足下に落ちた。たったそれだけなのに、紙の端《はし》が汗の滲《にじ》んだワイシャツを切り裂き、肌を傷つけたみたいだった。

「あの、どこに問題があったんですか？」

フライヤーを拾い上げ、恐る恐る見る。西田はフライヤーの裏側の一点を指さし、苛立《いらだ》った口調で説明した。

デオドラント製品の効果を謳《うた》う説明文に、薬機法（医薬品医療機器等法）に抵触する恐れのある表現があった。会場に設置するブースのセットやポスター、製品のパッケージはすべて修正済みの文章に差し替えたはずなのに、フライヤーだけが修正されておらず、そのままになっている。今になって、光友製薬の担当者がそれに気づいたらしい。

「光友製薬がどれだけ大事なクライアントか、お前だってわかってんだろ。なに新人みたいなミスしてんだよ。お前何年目だよ」

西田の語気がどんどん強くなっていく。オフィスが静まりかえっていく。息を殺すように仕事をしながら、同僚達がみんな耳だけをこちらに向けている。

また……また、西田が直哉の胸を小突いた。大きな拳で、二回、三回。どんどん息が苦しくなっていく。

説明文の修正をしたことは、覚えている。あれは、シェパード・キャリアの未谷に相談をしに行く前日だった。

光友製薬に提出しようとしたデザインに西田が思い出したように駄目出しを始め、その間に光友製薬から「このままだと薬機法に抵触するから」と修正指示が送られてきた。西田が「今日中にやらせろ」と言うから、デザインチームに謝り倒して作業を早めてもらった。恐らく、そのゴタゴタの中で差し替え漏れが出たに違いない。

そうだ。修正漏れがないか直哉がチェックしようとしたら、西田が「タラタラしてんな」とデザインを取り上げ、光友製薬に提出してしまったんだ。山辺部長に会う予定があるから、俺が直接持って行く——と言って。

なんだよ。

「おい、笹川！　突っ立ってねえでさっさとデザインチームの連中に直させろ。最優先でやらせろ。どいつもこいつも動きが遅いんだから」

舌打ち混じりに言われて、直哉は「はい」と頷いてデスクに戻った。

なんだよ、なんだよなんだよ。結局、あんたが客にいい顔をしようとしたせいじゃないか。

デザインチームのフロアの内線番号を押しながら、喉の奥でひたすら繰り返した。

「——第二営業局の笹川です。上岡《かみおか》さんをお願いします」

若手ながら、この案件をずっと担当してくれていた女性デザイナーを呼び出してもらう。ところが、数拍おいて電話に出たのは、彼女の上司だった。

『すいません、うちの上岡、今日休みなんですよ』

「ええっ、そうなんですか！　実は明日納品のフライヤーにミスが見つかって、大至急修正しなければならないんですけど……」

『倒れちゃったんですよ、上岡』

受話器から響いてきた低く籠《こ》もった声に、耳を疑った。

「……え？」

『笹川さんと西田さんから大量に流れてきた修正のせいで、他の仕事も随分圧迫されてたみたいで。頑張りすぎちゃって倒れたんですよ、昨日の夜に。今日は休ませてます』

無理な注文にも、厳しいスケジュールにも、「はい、はい」と頷いてくれるデザイナーだった。あの日だって……直哉が未谷に相談をしに行った日だって、夜に予定があることを察して、最速で修正に取りかかってくれた。

『状況の報告は以上です。光友製薬の件は私が引き継ぎますので、指示をメールで至急送ってください』

がちゃん、と音が聞こえてきそうな勢いで電話は切れた。指示、メール、至急。わかっているのに、すぐに手が動かなかった。

「おい笹川、デザインチームは何て言ってんだ。印刷所への刷り直しの手配は？　状況を報告しろ。光友製薬には今日中に修正して納品し直すって言ってんだ」

今日中に修正？　修正するのはあんたじゃないだろ。あんたはそこで踏《ぞ》ん反り返ってるだけだろ。あんたがいい顔をするためにせっせと働いている人間が大勢いるんだよ。なにが「直させる」だよ。あんたはそんなに偉いのかよ。

「笹川、何時までに上がるんだ、確認しろ」

こんな理不尽な責任の押しつけをするのが俺の上司で、俺の昇給やボーナスの査定をしてるなんて、本当に、馬鹿みたいだ。

怒りを腹の底に押し込んで押し込んで、状況を説明した。デザイナーが倒れたことを伝えても、西田は申し訳なさそうな顔すらせず、舌打ちをした。「最近の若い奴は根性がねえ」と、嫌なおじさん上司のお手本みたいな台詞《せりふ》を吐いた。

我慢できずに、直哉は声を上げて笑ってしまった。

「おい、笹川、なに笑ってる」

「いえ、何でもないです」

笑うくらい、いいだろ。俺はこの会社で、この上司の下で、結構頑張ってきただろ。その頑張りを真正面から評価しなくていい奴——それが、この会社の俺への評価だ。

デザインチームに指示を出して、オフィスの外でシェパード・キャリアに「今日のサイモンリンクの面接、キャンセルさせてください」と電話を入れた。狼狽《うろた》える未谷に急な仕事が入ってしまったことだけを伝え、急いで電話を切る。もし面接に行けと説得されたら、何もかも投げ出して行ってしまいそうだった。

◇　◇　◇

誤植のあるフライヤーは、半分は印刷工場に留め置かれていた。しかし、もう半分は運悪く試供品と一緒に封入され、三鷹《みたか》にある光友製薬の倉庫に運ばれてしまっていた。そこで、納品された試供品セットを開封し、刷り直したフライヤーに差し替える作業を、第二営業局の若手総出でやることになった。

光友製薬の人間の手を煩《わずら》わせるなと西田から命令されたが、肝心《かんじん》の西田は山辺部長に頭を下げてくると言って倉庫に現れる気配《けはい》がない。

印刷工場から刷り上がり次第フライヤーを倉庫へ運んでもらい、片っ端から差し替えていく。新入社員達は最初こそ「雑用は慣れてます」と言ってくれていたが、夜が深まってくると徐々に口数が少なくなっていった。

「笹川、よく黙って聞いてたよな、あれ」

零時を回った頃、単純作業に飽《あ》きたらしい同期の高橋が、手を止めてそんなことを言い出した。疲労がピークだったせいか、「ああ?」と濁った返事をしてしまった。

「だって、このフライヤーの誤植、ほとんど西田さんのせいみたいなもんじゃん。あの人が笹川とデザイナーを急《せ》かしまくってたの、第二の人間はみーんな見てたし」

なあ? と高橋が側にいた後輩に聞く。そこから、ぽつぽつと西田を始めとした上司への愚痴が広がっていった。「あの人、進行管理の仕事はてんで駄目だからね」「だってせっかちだもん。あの人一人でやったらミスしか出さないよ」「あの人の得意技、接待だけだもんな」……みんな、我慢している。頭の固いおじさん上司の機嫌を損《そこ》ねないように仕事して、上司が気持ちよく上司をしていられるように程よく馬鹿を演じて。

あの人達は、そういうことに気づくことなく、年老いて定年を迎えるんだろうか。俺達は、ずっとそんな上司の相手をし続けるんだろうか。

今日の面接を受けていたら、俺の毎日は変わったんだろうか。

転職したい気持ちは、半分本気で、半分本気じゃなかった。今日の昼まで、そうだった。なのに、面接をキャンセルして、予定していた時間をとっくに過ぎてしまった今、思う。面接を受ければよかった。受ければ、俺の人生は、もっとマシになったかもしれない。

「失ってから気づくもんだな」

ぽつりと呟くと、だいぶ間を空けてから高橋が「笹川ぁ、疲れてんなら外の空気吸ってこい」と直哉の肩を叩いた。

高橋の言葉に甘えて、肩をぐるぐる回しながら、倉庫を出た。深夜一時近いというのに、外の空気はべったりと蒸し暑かった。

倉庫があるのは、ＪＲ三鷹駅からさらにバスを乗り継いだ場所だ。都心からは随分離れているのに、夜の空気は変わらず、ぬるま湯のような不快感がある。

大きく伸びをしたら、「ぐえええええ……」と蛙《かえる》が踏み潰されるような声が出た。そのまま、地上の明かりで黄ばんだ夜空に叫んだ。

「あああっ、ちきしょう！」

こんな職場も、上司も、俺自身も、何もかもちきしょうだ。

もう一発叫んでやろうかと思ったとき、倉庫の駐車場に武蔵野広告社の社用車が入ってきた。コンビニのレジ袋を両手に提げて降りてきたのは、しょっちゅう若手に雑用を頼む大宮だった。

「笹川、お疲れ〜。残業終わりに来てやったぞ」

そういえば、彼の自宅は三鷹にある。道すがら、わざわざ夜食を届けに来てくれたらしい。

「あと、零時前にお前の家から会社に電話がかかってきてたぞ」

「電話？」

「携帯が繋《つな》がらないから会社にかけてきたらしいけど、折り返した方がいいんじゃないの？」

倉庫はスマホの電波がすこぶる悪い。確認すると、シェパード・キャリアから五件、自宅から留守電が一件、会社から二件、着信があった。会社からの二件は大宮がかけてくれたものらしい。

倉庫に入っていく大宮を見送り、留守電を聞いてみた。再生ボタンを押した途端、妙にドスの利いた声で、母親に名前を呼ばれた。

『直哉、さっきシェパード・キャリアって転職の会社から電話があったんだけど。あんた転職活動してるの？　会社辞めるの？　お父さんもお母さんも何も聞いてないんだけど』

さっさと連絡寄こしなさい。ぴしゃりと言って、留守電は終わっていた。面接をドタキャンする連絡をし、その後、電波の悪い倉庫に来てしまったから、未谷は直哉と連絡を取るために自宅に電話をかけたようだ。これはますます面倒なことになった。

深夜一時過ぎに電話するわけにもいかない。諦めて直哉は倉庫に戻った。夜食を置いたら退散すると思った大宮が、作業を手伝ってくれていた。

二時前に、デザインチームの社員が四人、社用車で駆けつけてくれた。過労で倒れた上岡の上司もいた。「うちのが迷惑をかけたね」と言って、テキパキとした手さばきでフライヤーを差し替えていった。

応援のおかげもあって、午前七時過ぎに作業は終わった。手伝ってくれた社員達に何度も何度も頭を下げ、下げすぎて頭がくらくらし出した頃、メールが一通届いていたことに気づいた。シェパード・キャリアの、来栖嵐《あらし》からだった。

〈八時半までに、サイモンリンクの本社前に来てください〉

そんな短いメールだった。「スーパー銭湯でも探して風呂入ろうぜ」と言い合っている若手社員達を押しのけるようにして、直哉は駆け出した。

目の前の通りを走ってきたタクシーに、飛び乗った。

幸運にも道は混んでおらず、サイモンリンクの本社には八時半前に到着した。料金はちょうど一万円だったが、何故か惜《お》しいとは思わなかった。

出社する会社員達で賑わう通りに面した、ガラス張りの巨大なビル。その入り口に、杖をつく尊大な雰囲気の男と、あたりを見回す眼鏡《めがね》をかけた若い女性を見つけた。

「すみません！　遅くなりました！」

直哉を見つけた未谷が「よかった〜」と胸を撫で下ろす。来栖は表情を変えなかった。

「あ、あの……来てはみたものの、一体何があるんですか……？」

「そんなの、面接に決まってるでしょう」

体の前でかつん、と杖を鳴らして、来栖が答える。

「昨日の笹川さんの面接ですが、僕が土下座《どげざ》して今日の始業時間前に変更していただきました」

口元だけでにこりと笑う来栖に、未谷が「違いますからね！」と右手を左右に振る。

「電話で交渉はしてましたが、土下座まではしてません。前も土下座して謝るって言って結局相手のことを丸め込んでたし」

鼻息荒く「騙《だま》されないでください」と念を押した未谷に、来栖はわざとらしく咳払《せきばら》いした。

「とにかく、笹川さんはこれから面接を受けることができるということです」

「でも、俺、ドタキャンしたのに、どうして……」

「こちらは、大事なクライアントに貴方を推薦《すいせん》してるんですよ。同時に、大事な求職者である貴方を、企業に推薦してるんです。自分の意志ならまだしも、貴方を尊重しない上司の身勝手のせいで面接を辞退するなんて、僕は許さないですからね」

辞退する理由を、俺は未谷さんに伝えただろうか。急な仕事が、とは言った気がするけど、上司のせいでなんて言った覚えはないのに。

「俺、徹夜明けで全然、頭回ってなくて……」

自分の格好《かっこう》を、まじまじと確認した。ジャケットは会社に置きっぱなしだし。ワイシャツはよれているし、ネクタイは皺くちゃだ。髭《ひげ》もうっすら生えていて、多分目元には隈《くま》もある。

「それくらいがちょうどいいですよ。肩の力が抜けて、素の自分で受け答えできるんじゃないですか？」

「でも……」

「仮に、この面接が上手くいかなくてもいいじゃないですか。無傷で転職できると思うなって話ですよ。大人なんですから、傷つく覚悟くらいしてください」

腕時計を確認した来栖が、ビルのエントランスに向かう。自然と足が彼のあとをついていく。

「人事部はビルの十階です。受付で面接に来たことを伝えれば、通してもらえるはずです」

自分達の出番はここまでだ、という顔で来栖はエレベーターを指さした。出社してきたサイモンリンクの社員達が続々と乗り込んでいく。それに流されそうになって、慌てて二人に向き直った。

「嫌な上司から逃げたかっただけです」

徹夜のせいだろうか、喉の奥が窄《すぼ》まって、声が擦《かす》れた。

「適切な評価を受けられないっていうのは建前で、本当は、たいして仕事ができるわけでもないのに偉そうで俺にきつく当たってくる上司から、逃げたかった」

逃げたいくせに、よその会社でちゃんとやっていけるのか。自分にその能力があるのか、わからなかった。

「でも、転職活動をして、ついでに昨日《きのう》いろいろあって、わかりました。俺は、人間としても会社員としても尊敬できるような人から、適切に評価してもらえる職場で働きたいです」

武蔵野広告社に残って、「もっと若手の仕事をきちんと評価しろ」と西田達とやり合ったとして、やり合えたとして——若手に意見されなきゃ人を評価することもできない人達に評価をされても、俺は幸福じゃない。

「どこまでやれるかわからないですけど、行ってきます」

一礼し、エレベーターに乗り込んだ。「頑張ってください」と、未谷が両手でぐっと拳を握って笑いかけてくれた。

「転職はレビューサイトで店を選ぶのとは違うんです」

扉が閉まる直前、来栖がそんなことを言ってくる。

「顔もわからない誰かの口コミや星の数じゃなくて、自分の目で見たものを、自分の頭で判断して、自分で選択してください。次の職場も、貴方自身の能力も」

彼が言い終えるのと同時に、扉が閉まる。閉まりきるその瞬間、来栖が左手で胸の前に何かを描いた。一本、二本、三本……五本の直線で描かれたのは、星の形だった。

ふわりと体が浮かび上がる感覚がして、エレベーターが上昇していく。十階が近づいてくる。大きく息を吸ったら、昨夜の母からの留守電を思い出した。折り返していないから、大層ご立腹だろう。

今日、帰ったら話そう。俺は転職をする。今よりもっといい会社に行って、いい仕事をする、と言おう。ああ、その前に、西田に「転職します」と言おう。あの人はまた怒鳴るだろうか。「これくらいで辞める奴はどこに行っても通用しない」と、また最悪なおじさん上司の典型例みたいな台詞を吐くだろうか。

俺はなんて言い返すんだろう。言いたいことは山ほどある。でも、それを言葉にするほどの愛着を、俺はあの人に感じない。今まで、どこかであの人に言い返したり、怒りを爆発させたりできていたら、何か違ったのだろうか。

案外、辞めると言ったら「俺はお前のこと、よくやってるって思ってたのに」とか「俺がお前に厳しくするのは、可愛《かわい》い部下への愛情みたいなもんで」などと言ったりするだろうか。そんな言葉にほだされたりするんだろうか。

愛情なんていらないですよ。ただ、自分の成果に対する正当な評価がほしかっただけです。そう言えたらいい。知るかよ、あんたの思ってることなんて。言葉にされなきゃわからねえよ。なんで言葉にしないで伝わると思ってるんだよ。内心でそう毒づきながら。

エレベーターが十階に到着した。降りた瞬間、ただのオフィスなのに不思議と清々しい香りがした。

「何が三年だよ」

入社したら三年は耐えろ。三年も頑張れない奴は余所《よそ》に行ってもどうせ駄目。どこの誰が言ったかもわからない呪《のろ》いを真《ま》に受けていた自分が、無性《むしょう》に馬鹿馬鹿しくなる。

呪いは自分に価値もお墨付きも与えてくれない。今ここにいるのは、三年半、武蔵野広告社でがむしゃらに働いた笹川直哉だ。ただそれだけだ。

自分の星の数を計りに行こう。鼻から大きく息を吸って、口から吐き出した。

未谷千晴

「そういえば、あの武蔵野広告社の笹川って子、内定出たんだってね」

週に一度行われる班ごとのミーティングの最中《さなか》、思い出したように広沢が言った。会議室に集まった来栖班のCAが一斉に「ああ、あのドタキャンの」という顔をしたから、やはりあれは大事《おおごと》だったのだなと改めて実感する。

「はい……無事にサイモンリンクから」

上座《かみざ》に座った来栖が何も言わないから、代わりに千晴が報告する。次々飛んでくるCA達の視線に、堪らず目を泳がせた。

「面接をドタキャンしたときはさすがにもうアウトかなって思ったけどね。営業担当の横山も、めちゃくちゃ怒ってましたよ、リーダー」

広沢がにやりと笑って、来栖に話を振る。他のCAから「こちらに八つ当たりが飛んできましたー」と笑い混じりに抗議され、来栖は小さく肩を落として「それは悪かった」と謝罪した。

「横山の愚痴を聞くふりをしながら、これ幸いと自分の担当の求職者をねじ込もうとしてたCAもいたようだがな」

　来栖が、広沢を流し見る。アイスコーヒーのストローを咥《くわ》えて、広沢は「えへへ、ばれてた？」とわざとらしく笑った。

「先方は面接キャンセルにはちょっとご立腹《りっぷく》だったけど、『仕事で発生したトラブルを投げ出すわけにはいかない』ってキャンセル理由を伝えたら、意外と好印象だったよ」

「自分の転職より現場を優先する責任感がある若造だって？　またまた調子よくサイモンリンクの担当者を丸め込んだんでしょ」

「キャンセルした求職者の姿が企業側にどう見えるか、どう見せられるかは、俺達の伝え方一つだ。といっても、みんなは同じようなことはやらないように」

　広沢が「はーい」と返事をし、同席したCA達の声が続く。来栖の言葉をノートに書き留めながら、千晴も頷いた。二度と御免《ごめん》だ、という自戒を込めて。

　サイモンリンクから内定を獲得した笹川は、すぐに上司に退職願を提出した。彼はちゃんと辞められるのだろうかと陰ながら心配していたのだが、いざ進む道が決まってしまうと、意外と淡泊に事を進められるものなのだと驚いた。

『当然だろ。職場に愛着なんてとっくになくなってたところを、将来の不安だけで繋ぎとめてたんだから』

　笹川が内定を承諾した直後、来栖はそんな風に言っていた。

もし、自分だったら。笹川のように選択できていたら、自分も一之宮企画を辞められたのだろうか。転職できたのだろうか。

自分と笹川は共通点が多かった。広告代理店で激務をこなし、パワハラ体質な上司に頭を悩ませていた。歳も近く、入社三年ほどで転職することになったのも同じ。唯一《ゆいいつ》違うのは、笹川は自分の置かれた状況を不満に思うことができて、行動を起こすことができた。彼は他人が勝手に下す評価に呑《の》み込まれなかった。

内定後にわざわざ礼を言いに来てくれた笹川の顔を思い出す。結局、未谷千晴は自分のことを「いろんな人から頼られる優秀な人間」と信じたかっただけなのだと、彼の笑顔に言われたような気がした。

就活のために必死で身につけた「内定をもらえる好印象の誰か」が、「上司に評価される優秀な誰か」になっただけ。自分ではない《誰か》のイメージを守るために働いて、自滅した。

来栖が司会をする形で、CA達が担当する求職者の状況を報告していくのを、千晴はじっと眺めていた。

経験が積めればいいと入社したものの、「薄給の上にボーナスも出ないなんて、三十歳を超えたら無理だ」と思って転職を決意した人。

海外で仕事がしたいと思って会社を選んだのに、任された仕事は外国の支社向けに延々と書類を翻訳してメールする仕事だったという人。

本社への昇進異動を目指して十年以上カフェの店長をやったものの、いつになってもその兆《きざ》しがないからと諦めた人。

年齢も現在の職業も、転職理由も、次の職場への希望もバラバラな、多種多様な求職者がいる。誰もが、今の自分や今の生活を変えるために転職をしようとしている。

「ちょっと来栖、あんたに頼みがあるんだけど」

会議の終わり際《ぎわ》、洋子が見計らったように会議室に駆け込んできた。

「ネットメディアから取材依頼が来てるから、対応してくれない？　インタビューに答えるだけだからさ」

「絶対嫌です」

「そこをなんとか！」

「自分が出ればいいじゃないですか」

広沢が「はい、定例ミーティング終わりー」と宣言して席を立ち、なし崩し的にお開きになった。押し問答を続ける来栖と洋子を眺めながら——結局私は、シェパード・キャリアで働き始めてからの数ヶ月、自分の至らないところを一つひとつリストアップしているだけで、今後のことなど何も見つけられてないんだよな、とふと思った。

洋子と約束した期限まで、あと七ヶ月だ。

第四話

貴方の人生の前ではどうだっていいものなんですよ

三十二歳／女性／教育コンテンツ配信会社 制作職

未谷千晴

「来栖《くるす》さんというキャリアアドバイザーさん、いらっしゃいますよね？」

その日やって来た求職者は、剣崎莉子《けんざきりこ》という三十二歳の女性だった。事前に履歴書《りれきしょ》に目を通した際、鋭《するど》い響きの名前の人だなと思ったが、実物もその通りの印象の人だった。背が高くすらりとしていて、切れ長の目には力がある。真っ白なジャケットと紺色のブラウスを着た姿が、綺麗《きれい》に焼き上がった陶磁器《とうじき》のように感じられた。

彼女の口から来栖の名前が出て来て、千晴《ちはる》は息を呑《の》んだ。いつも使っている面談ブースの室温が、確実に、何度か下がった。

「……確かに、来栖はうちにおりますが」

「キャリアアドバイザーをこちらから指名することはできないんですか？」

まさか、この人は千晴が見習いＣＡだと勘《かん》づいたのだろうか。シェパード・キャリアに入社して半年。見習いとはいえ場数《ばかず》は踏んできた。先月からは来栖の許可が下り、一人で求職者の対応をすることも多くなった。

「シェパード・キャリアではＣＡの指名は承《うけたまわ》っていないのですが、来栖の名前はどちらで？」

「元彼です」

剣崎の凜《りん》とした返答に、どうやって指名制でないことを納得してもらおうかと考えていた頭が、思考をやめる。剣崎は、そんな千晴を凝視《ぎょうし》していた。

「……元彼」

呟《つぶや》いて、その言葉の意味を噛み締《し》めた。剣崎が「学生時代から、二十六まで付き合ってました」とたたみかけてくる。「学生時代から、二十六まで」とオウム返ししてしまった。

「来栖さんにお会いできませんか」

怒鳴られたわけでも叱責《しっせき》されたわけでもないのに、気がついたら椅子から腰を浮かせていた。「少々お待ちください」と逃げるようにオフィスに駆け戻る。

来栖は午前中からずっと忙しそうだった。パソコンの画面を睨《にら》みつけながらしきりにどこかと電話している。膝《ひざ》にのせたタピオカを撫《な》でる暇もない。電話が終わるまで、千晴は彼の横に突っ立って頬を引き攣《つ》らせていた。

「何、どうしたの」

電話を終え、パソコンの画面から目を離さず来栖が聞いてくる。

「あのぉ……来栖さんの、元カノだという人が……！」

小声のつもりだったのに、近くのデスクにいた広沢が「元カノっ？」と大声を上げた。オフィス中に充分聞こえてしまう声だった。

「え、元カノ？　来栖の元カノが来たの？」

広沢の声に引き摺《ず》られてざわつき出したオフィスに、来栖がキーボードを打つ手を止める。一度だけ天井《てんじょう》を仰いだと思ったら、デスクに立てかけてあった杖を手に取った。

「俺はいないのかって？」

頷《うなず》いた千晴に、「今更《いまさら》なんなんだよ」と来栖は呟いた。口の中で言葉を転がすような言い方で、今度こそ千晴以外の誰にも聞こえなかった。

周囲の視線など気にも留めず、来栖は面談ブースへ向かう。ついていくべきか迷った千晴に「未谷《ひつじたに》さんが来なくてどうする」と言い放った。

面談ブースに現れた来栖に、剣崎は表情を変えなかった。来栖の隣にのこのこと座っていいのか迷っていたら、来栖が無言で自分の隣を指さした。

「うちではCAの指名はお断りしてるんですよ」

いつもはきちんと手渡す自分の名刺を、来栖は剣崎の目の前に置いた。

「本気で転職をするつもりでいらっしゃったんですか？　それとも冷やかしですか」

「後者だって言ったら？」

「それにお付き合いするほどこちらも暇ではないので、どうぞお引き取りください」

二人は、互いの目から視線を逸《そ》らさなかった。来栖と剣崎の間に挟まるようにして、千晴は眉《まゆ》を寄せた。戻りたい。今すぐ、自分のデスクに戻りたい。

「冗談よ」

小さく溜め息をついて、剣崎は鞄《かばん》からスマホを取り出した。「これで貴方《あなた》を見たの」と画面を見せてくる。

そこにあったのは、昨今の転職ブームについて取り上げたネットニュースの記事だった。大手転職エージェントのCAに交じって、インタビューを受けた来栖の写真も掲載されている。他のCAが爽《さわ》やかすぎるくらいの笑みを浮かべているのに、一人だけ目が笑っていない。辛《かろ》うじて微笑《ほほえ》んでいるのは、恐らく洋子の指示で無理矢理笑っているのだ。

一ヶ月ほど前、ニュース配信会社から取材依頼があり、洋子が嫌がる来栖にインタビューを受けさせたのだ。記事の見出しを一瞥《いちべつ》し、来栖は「だからメディアに出るのは勘弁《かんべん》してくれって言ったのに」と吐《は》き捨てた。

「前の会社を辞めてから行方《ゆくえ》知れずだったから。貴方、大学の知り合いと連絡絶ってるでしょ。転職エージェントで働いてるって知って驚いた」

「それで、冷やかしに？」

「言葉が悪い。顔を見たかっただけ」

「どのみち、転職する気が微塵《みじん》もない人に使う時間はないですから」

話は終わりだとばかりに来栖は席を立った。剣崎も、意外と素直に鞄を抱えてエントランスに向かう。出入口のガラス戸に手をかけた彼女は、見送る千晴達をおもむろに振り返った。

正確には、来栖のことを。

「随分《ずいぶん》、無愛想《ぶあいそう》で刺々《とげとげ》しい性格になったんだね。そんなにギスギスしてるの？　今の仕事」

来栖は表情を変えなかった。杖の持ち手に左手を重ねて、「さあ、どうでしょう」とくすりともせず返す。

「元カノが言うには月並みすぎるけど、昔の貴方の方が人として好きかな」

剣崎の切れ長の目が、一瞬だけ、来栖の左足に向いた。

「なら、別れて正解だったな」

感情の滲《にじ》まない声でやり返した来栖に、剣崎は何も言わなかった。まるで来栖に対抗して感情を押し殺しているようだった。静かにこちらに背を向け、エレベーターに乗り込んでいく。階数表示が下がっていくのを確認して、千晴は「あああぁ〜」と肩を落とした。肩がそのまま抜け落ちるかと思った。

「来栖さん、今の方、本当に、元カノなんですよね？」

「そうじゃないように見えた？」

やっと来栖が表情を緩《ゆる》めた。面倒臭そうに前髪をガリガリと掻《か》き上げ、ぶすっとした表情でオフィスに戻っていく。

「剣崎さんの履歴書、来栖さんも事前に見てましたよね？　元カノだって気づいてて、私に一人で対応しろって指示しましたよね？」

元恋人同士の緊迫したやり取りを間近で見る羽目《はめ》になったのだから、文句の一つも許されるだろう。来栖は何も言わず自分のデスクへ向かう。その間、周囲からの視線が痛かった。シェパード・キャリアの社員達が好奇心を弄《もてあそ》んでいるのがわかる。

この状況に切り込めるのは、一人しかいなかった。

「ねえねえ、本当に、元カノだったの？」

椅子をくるりと回し、キャスターを軽やかに鳴らして、広沢が来栖のもとに突撃する。椅子の背が来栖の椅子に当たり、鈍《にぶ》い音と共に来栖がしかめっ面《つら》をした。その膝に、側《そば》にある棚の上で待機していたタピオカが飛び乗った。

「そうだよ」

「うわ、潔《いさぎよ》く認めたぞ、この男」

「やましいことなんて何もないからな」

周囲の人間が聞き耳を立てているのもお構いなしに、来栖は仕事に戻ろうとする。でも、広沢は諦《あきら》めない。

「相手は前職の同僚？　それとも合コンでもやって知り合ったの？」

「大学の同期」

「別れた原因は？」

「性格の不一致」

本当だろうか。剣崎は、「昔の貴方の方が人として好き」と言っていたのに。来栖の性格が激変するような出来事があったのだろうか。そこまで考えて、千晴は彼の杖を見やった。何故《なぜ》か、来栖と目が合ってしまう。「あ」と声が出そうになって、急いで目を逸らした。

「ねえねえ未谷ぃ、どんな人だった？　来栖の元カノ」

来栖からはこれ以上の情報は見込めないと思ったのか、広沢が千晴の隣に戻ってくる。こちらにぐいと身を乗り出した童顔《どうがん》の両目は、好奇心で煌《きらめ》いていた。

「あいつ、付き合ってる人がいる気配《けはい》がなかったから、てっきり仕事一筋でそっちには興味ないのかと思ってたよ」

「でも、付き合ってたのは二十六歳くらいまでって、元カノさんが言ってましたけど」

「なるほど、六年前か。うちに転職してくる前だな」

ふーん、と鼻を鳴らして顎《あご》に手をやった広沢に、小さな疑念が脳裏を掠《かす》める。剣崎のことを誰よりも聞いてみたかったのは、結局、自分なんじゃないか、と。

◇　◇　◇

シェパード・キャリアでは、企業を相手に営業をかけて求人を集める営業担当と、求職者のサポートをするCAが連携《れんけい》して業務を行っている。営業は求人企業にヒアリングを行い、情報をCA達と共有する。CAは、自分の担当する求職者の希望や条件、スペックに該当《がいとう》する求人があれば、それを求職者に紹介する。社内では、CA同士のミーティングだけでなく、営業とCAが情報共有するためのミーティングも定期的に行われる。

営業の横山潤《じゅん》也《や》に話しかけられたのは、ミーティングの直後だった。CAが会議室を退出する中、しかめっ面で彼は千晴を呼び止めた。表情から滲む不機嫌《ふきげん》さに、千晴は身構えた。

「先週来てた求職者、転職するつもりはないいんだよね？」

ほら、来栖さんの元カノだとかいう、と付け足した彼に、会議室を出ていく来栖の背中を目で追ってしまった。

「そうですね、転職する気はないと思います。本人がそう言っていたので」

「じゃあ、本当に元彼に会いに来ただけってことかよ、逆に凄《すご》いな」

肩を竦《すく》めて、横山は抱えていた求人票に目を落とした。

「データベースに上がってたあの人の履歴書を見たら、ここにぴったりだと思ったから。本気で転職する気があるなら打ってつけだと思ったんだけど」

彼が見ていたのは、タキガワという老舗《しにせ》の通信教育会社の求人票だった。最近はオンライン教育事業にも力を入れており、そのための人材募集を行いたいのだという。

「確かに剣崎さん、オンライン教育のベンチャー企業にお勤めですからね」

剣崎の勤務先はe-ウルドという、動画を活用したオンライン教育コンテンツを制作・配信する会社だ。起業から十年ちょっとの会社だが、テレビCMやウェブ広告でよく名前を見る。e-ウルドに新卒で入社し、十年務めている剣崎は、タキガワからするとほしい人材だろう。

「でも、元彼に会うためだけに来たなら、望み薄だな。ホント、来栖さんには邪魔されてばっかりだよ」

そんな捨て台詞《ぜりふ》を吐いて、横山は会議室を出て行く。千晴は何も言わず会議室の電気を消した。

宇佐美由夏《うさみゆか》が内定を蹴《け》った寺田ソフト。笹川が面接をドタキャンしたサイモンリンク。そして、千晴が面接を辞退したジーヴス・デザイン。この三つは、横山が担当する会社だった。当然、横山はその都度《つど》怒っていた。「顧客を何だと思ってるんですか！」と来栖に食ってかかる姿を、千晴は何度も見た。

来栖の下で仕事をしていると、よくわかる。彼はスタンドプレーが過ぎるのだ。知らぬうちに企業に乗り込んで求人を取ってきてしまうこともあれば、気がつけば営業より企業に気に入られていることもある。寺田ソフトのときのように、人事部に直接連絡を取って話をつけてしまうこともある。営業担当からすれば、自分を飛び越えて勝手にかきまわされるのは面白《おもしろ》くない。

ただ、剣崎の件は来栖が邪魔したわけではないだろうに……とは、ジーヴスの選考を辞退した自分には、言えない。横山が来栖に好意を持っていないのは、普段の態度からよくわかる。

デスクに戻り、現在受け持っている求職者の履歴書を確認した。先ほど横山が共有してくれた求人と合致《がっち》する人に、何人か目星《めぼし》がついている。

転職ブームなんていわれているおかげでシェパード・キャリアにやって来る求職者は増えており、千晴一人でもすでに四十人近い求職者を抱えている。このうち、実際に転職活動を積極的に行っているのは二十人ほどだ。来栖はこの倍以上の人数を一人で担当し、チームリーダーの役をこなし、千晴の教育係までしている。

求職者に求人票を紹介するメールを打ち、企業の人事担当者に面接日の連絡をして、午後の予定を確認する。面談を二件と、模擬《もぎ》面接が一件入っている。スケジュール帳をチェックしている間に続々メールや電話があり、その度《たび》に予定が増えていった。すでに年末まで予定が埋まりつつある。

パソコンの画面に表示されていた来年の西暦を凝視して、怖《こわ》くなった。ついこの間まで一之宮企画で働いていた気がするのに、あと三ヶ月もすれば一之宮企画を休職して丸一年だ。

「未谷ぃ、お昼行こ」

千晴の手が止まったのを見計らったように、広沢が声をかけてくれた。一緒に、会社の側のイタリアンレストランに行くことにする。ランチメニューはパスタの種類が豊富で、サラダバーとドリンクバーも充実していて、いつも女性客で賑《にぎ》わっている店だ。

「ポルチーニ茸《たけ》とかマッシュルームとかがメニューにでかでかと載るようになると、秋って感じになるよねえ」

まだ暑いけどさ、と広沢は小さくポニーテールにしていた髪を結び直す。秋らしい色合いになったメニュー表を見つめ、千晴は会社を出る前に開いていたスケジュール帳を思い出した。

「気がついたら涼《すず》しくなって、たちまち冬になっちゃうんでしょうね」

広沢は「毎年そうだよ」と頷いた。ところが、二人分のパスタが運ばれてきて、広沢がドリンクバーから二人分のホットコーヒーを、千晴がサラダバーから二人分のサラダを取ってきたところで、おもむろに彼女は「未谷はさあ」と千晴を見た。

「試用期間が終わったら、うちで正社員になるの？」

考えていることが顔に出ていたのだろうか。広沢は小さく微笑んで首を傾《かし》げた。

千晴の試用期間は一年、来年の三月三十一日まで。別の仕事に就《つ》きたいと思うなら次の就職先を探す。シェパード・キャリアで働き続けたいなら、試用期間の働きぶりを鑑《かんが》みて、正社員登用するか洋子が判断する。そういう約束になっている。

「せっかく仕事にも慣れましたし、このままここで働けたらいいなとは思います」

「来栖の下で根気よく真面目《まじめ》にやってるし、会社に損害を与えるような大失敗もしてないし、正社員にはしてもらえるんじゃない？」

確かに、自分が「ここで働き続けたい」と言ったら、洋子は許してくれる気がする。

「でも、今のままだと来栖さんが許さないような気がするんですよね」

「来栖も厳《きび》しいよね。仕事にそこまで大層な覚悟を持ち込まなくてもいいじゃん。好きでもない仕事でお金稼《かせ》いで悠々自適《ゆうゆうじてき》に暮らす、ってのも生き方でしょ？　別に、来栖が許さないとうちで働けないってわけじゃないんだし」

もし自分が、働いていた会社が倒産して、洋子に助けられる形でシェパード・キャリアにやって来ていたら——ただの迷える羊だったら、来栖は許したかもしれない。

でも、《気持ち悪い社畜》に、彼は曖昧《あいまい》な選択を許さないだろう。

それに。

「来栖さん、一応まだ、私の担当ＣＡですから」

「そういえば、そうだっけ。出勤初日に『精々《せいぜい》頑張って』なんて嫌味《いやみ》っぽく言ってたもんね」

ポルチーニ茸とパスタをフォークに巻きつけて、口に運んだ。焦がし醤油《しょうゆ》の香《こう》ばしい香りが鼻に抜けた。

剣崎莉子

会議の雰囲気が悪くなり出したのは半年ほど前からだ。

大手通信教材会社が本格的に動画配信サービスに着手して一年。e-ウルドのユーザー数は深刻な右肩下がりを続けていた。わざわざスライドに映し出さなくても社員は全員わかっているのにと、莉子は折れ線グラフを睨みつけた。会議室に並ぶ洒落《しゃれ》たオレンジ色のソファが、どれもどんよりとくすんで見える。

「冬の入会キャンペーン、去年より大々的にやった方がいいと思うの」

創業メンバーである女性が、苛立《いらだ》った様子でそう言った。延々と今期の売り上げが下がっている話を担当者から聞かされ、広報リーダーである彼女は気が立っているようだ。

「一之宮企画の営業からも提案されたんだけど、ウェブ広告だけじゃもう限界だと思う。タキガワみたいに大規模にダイレクトメールを送るとか」

「確かに、保護者にはウェブ広告よりダイレクトメールで直接届けた方がリーチするかもしれないけど、今更タキガワの真似《まね》をして勝ち目があるのか」

取締役の言葉に、会議室の空気は一気に停滞し、すん、と落ち込んでしまう。五分前も同じことがあった。誰かが何かを提案する。誰かが「でも」と言い、そこで話は止まってしまう。

昔は……莉子が入社した頃は、こうではなかったのに。

有名講師の授業を全国どこでもオンラインで受けられる。さまざまな事情で学校に行けない子供が、自宅で質の高い教育を受けられる。大学教授の授業を配信すれば、学校の授業だけでは物足りない生徒が一足先に高レベルの知識に触れられる。未開拓だったネット教育業界に乗り込む形で、e-ウルドはスタートした。

莉子が新卒で入社したのは創業直後だったが、ベンチャー企業特有の勢いと、清新《せいしん》さと、なにより若々しさが魅力だった。古い型にはまらない新しい教育を提供する。これまでのやり方ではこぼれ落ちてしまっていた子供達の力を伸ばす。それが今後の社会にとって、必ずいい方向に作用する。そう思った。

ところが、通信教育業界で随一《ずいいち》の知名度と歴史を誇るタキガワがオンライン教育に進出し、風向きは変わった。世間は、若いパイオニアより馴染《なじ》みのある老舗にさっさと鞍替《くらが》えした。タキガワは後発の強みを活《い》かし、e-ウルドより使いやすく、e-ウルドより著名な講師の動画を配信し、通信教育会社として培《つちか》ったネットワークを活かし業績を伸ばした。e-ウルドの経営陣が、「二番煎《せん》じにオリジナルは越えられない」と高をくくっていられたのは、去年までだった。

結局その日の会議では、冬休みに向けたキャンペーンを大々的に打つことが決まったが、参加した社員の表情は冴《さ》えなかった。

ある社員は「広報の宣伝が下手《へた》だ」と思っているし、ある社員は「動画のクオリティが落ちている」と思っているし、ある社員は「エンジニアの怠慢《たいまん》だ」と思っている。そして全員が

「自分はやるべきことをやっている」と思っている。能力のある人間が志を持って仕事をしているはずなのに、上手《うま》くいかない。

そんな愚痴《ぐち》を同じチームの社員と言い合いながら夕食を取って、帰宅したのは夜の九時過ぎだった。

ダイニングは真っ暗で、奥の部屋のドアから細く明かりがこぼれていた。中を覗《のぞ》くと、同棲《どうせい》して二年になる綾野《あやの》周介《しゅうすけ》が、ヘッドホンをして机に向かっていた。

カリカリ、カリカリと木を削るような細《こま》かい音がする。

ダイニングの電気をつけ、冷蔵庫から昨日《きのう》の残りのカレーを出して、電子レンジで温《あたた》めた。冷凍ご飯も解凍する。カレーの匂いを察知したのか、周介が部屋から出てきた。

「莉子ちゃん、お帰り」

カレーとご飯を皿によそると、周介はダイニングテーブルでいそいそと食べ始めた。彼の指先は、いつもインクで黒くなっている。爪の間に入り込んだインクが取れなくなってしまったのだ。近所のベーカリーでポイントを溜めて引き換えた白い皿の縁《ふち》で、黒い指先は輪郭《りんかく》が鮮《あざ》やかだった。ペンだこの膨《ふく》らみが際立《きわだ》って見える。

「ずっと描いてたの？」

周介の向かいに腰掛けると、彼は顎を大きく動かしながら「〆切《しめきり》、来週だから」と頷いた。

それ以上は特に会話することなく、莉子は風呂が沸《わ》くまでぼんやりと周介が食事をしているのをスマホ片手に眺めていた。

周介とは、五年前に友人から紹介されて出会った。前の彼氏と——来栖嵐《あらし》と別れた直後に。

漫画家志望の彼は、漫画だけでなく小説にも映画にもテレビドラマにも詳しく、話していて楽しかった。e-ウルドで配信する動画の制作担当である莉子は、物は試しにと彼の描く漫画を使った授業動画を企画した。これがユーザーから好評で、第二弾、第三弾と企画しているうちに、周介の作品が漫画賞に入選し、雑誌に掲載された。付き合い始めたのもその頃だ。

半年もすると、周介が〆切やバイトの掛け持ちで忙しく、莉子は莉子で仕事が慌《あわ》ただしく、会う時間が取れなくなって、思いきって一緒に住むようになった。

「お風呂入るね」

皿を洗いながら、「俺はもう少し作業するよ」と周介はこちらを振り返った。彼は漫画を描くことを「仕事」でなく「作業」と言う。「まだ仕事って言えるほど稼げてないから」ということらしい。

去年の今頃は、〆切前の周介の原稿を手伝ったりしてたんだっけ。そんなことを思い出したのは、風呂から上がって自分の部屋で一息ついたときだった。

デジタルで描く人間も多いのに、周介は手描きにこだわっていた。莉子は指定されたところにスクリーントーンを貼ったり、ペン入れをした原稿に消しゴムをかけたり。まるで文化祭の準備でもしているように、二人でケラケラと笑いながら作業した。莉子が自分から「今日は仕事で疲れちゃったから」と言ったのか、周介が「疲れてるだろうからいいよ」と言ったのか。この一年、そんなことは一度もしていない気がする。

テレビを点《つ》けてスマホをチェックすると、メールが何件か届いていた。新しい授業動画が制作会社から上がってきている。全編を通しで見て、気になったところや修正点を箇条書きにしていった。

メールを返信し終えた頃、周介が莉子の部屋をノックした。風呂に入ったらしい周介は、濡《ぬ》れ髪のままコンビニのレジ袋を手にしていた。

「莉子ちゃん、アイス食べる？」

袋から出てきたのは、ちょっと高いカップアイスだった。スーパーの方が安いからそっちで買った方がいいよ、と散々言っているのに、周介はしょっちゅうそれを忘れてコンビニで買ってしまう。

「さっきはごめんね」

テーブルの上にアイスとスプーンを置き、周介が莉子の隣に腰を下ろす。

「何が？」

「カレー、温めてもらったのに、お礼も、いただきますも言わないで食べちゃったから」

「そうだっけ？」

そんなの、言われなくたって気を悪くしたりしないのに。

「ネームのこと考えてぼーっとしてたから」

周介がアイスをスプーンで掬《すく》って口に運ぶ。同じようにすると、口の中に濃いバニラの味が広がって、自然と頬が緩んだ。険《けわ》しい顔をしていたことに、今になって気づいた。

「ネームって、連載目指してるやつ？」

周介が一番世話になっているのは、莉子も名前を知る青年漫画雑誌だ。以前掲載した読み切りの短編が好評で、その作品で連載を目指しているらしい。編集会議とやらに提出するネームという漫画の設計図を、ここ数日ずっと描いていた。

「次は連載になるといいね」

間違いなく、嘘偽《いつわ》りなく、いつもそう思っている。でも、心のどこかで「今回も無理なんだろうな」と、ぼそりと呟いてしまう。今まで何度も「今度こそ」と思って、その度にがっかりしてきた。e-ウルドの業績が伸び悩んでいるのも、周介が連載漫画家になれないのも、このままずっと変わることなく続いていくような気がしてしまう。

「そうだね。そうなりたい」

カップの底をスプーンで擦《こす》りながら、肩を揺らして周介は笑った。「もう一踏ん張りしなきゃ」とゴミを袋にまとめ、部屋を出て行く。

「そういえばさ、莉子ちゃん」

ドアを閉めかけた周介が、吐息《といき》のような笑い声を上げる。

「よく、俺がまだ夕飯食べてないってわかったね」

そういえば、なんでわかったんだろう。周介はそれ以上何も言わず作業に戻っていった。隣の部屋のドアが開き、すぐに何の音も聞こえなくなる。

テレビ番組がＣＭに切り替わった。転職サイトのＣＭだ。スーツ姿の若手女優が笑顔で転職を勧めてくる。性別も違うし、顔だって似てないのに、その姿が来栖嵐と重なってしまう。

彼は大学の同級生だった。政治経済学部で同じゼミに所属し、ゼミ発表、ゼミ合宿、卒業論文と、一緒に活動することが多かった。

付き合うようになったのは四年の秋で、来栖は商社に、莉子はe-ウルドに内定していた。お互い、社会人としての自分に期待して、こうなりたい、こんなことがしたい、と理想ばかりが膨《ふく》れあがっていた。

それが快《こころよ》かった。綺麗な水の中を全力で泳いでいるようで、爽快《そうかい》で、程よい疲労感と充実感があった。

あれは確か、自分達が社会人二年目の頃だ。三週間ぶりに顔を合わせた来栖は、冬だというのに顔をこんがりと日焼けして、待ち合わせ場所に現れた。当時行きつけにしていたスペインバルの淡い照明の下でも、はっきりとわかった。

「日焼け止め使わなかったの？」

「使ったけど、南半球の日差しには役に立たなかったよ。会社でも先輩にからかわれた」

日に焼けて痒《かゆ》いのだろうか、頬骨《ほおぼね》のあたりを人差し指でカリカリと掻きながら、彼は苦笑《にがわら》いをこぼした。

来栖は、入社二年にしてブラジルの鉱山会社の投資管理を任されることになった。この二週間、その視察のためにブラジルへ出張していたのだ。

「赤かったよ。青空の下に真っ赤な大地が広がって、その一帯が鉱山になってて。現地の人間が何千人も働いてた」

エールビールで乾杯しながら、彼はブラジル出張の思い出話をしてくれた。拙《つたな》い英語でも意外となんとかなったとか、食堂で出たカレーのような煮込み料理が美味《うま》かったとか。

簡素な説明なのに、不思議と脳裏に赤い大地に立つ来栖の姿が浮かんだ。現地の担当者と談笑しながら、ヘルメットを被《かぶ》り直し、南半球の青空を見上げる、彼の横顔が。

「東京で数字を見てるだけじゃわからないことが多いな。視察しながら向こうの担当者の話を聞いてると、こっちの計画と乖離《かいり》があるのがわかるし、改善策も見えてくる」

「鉱山開発って何十年もかけてやるんでしょ？　予算も莫大《ばくだい》だし、一筋縄じゃいかないよね」

話しながら、無意識に言葉に力が籠《こ》もる。地球の反対側を見てきた彼に的外《まとはず》れなことを言ったら白けてしまうんじゃないか。そんな思いが、洗濯物が風に逆巻《さかま》くみたいに、湧《わ》き上がる。

莉子の不安を察したように、彼は「そうだな」と頷いて、視察した鉱山が五十年も前に開発されたということを教えてくれた。小難《こむず》しい話が続いたと思ったのか、ふと表情を緩める。

「向こうで働いてる人達がさ、意外と義理人情に厚いんだよ。現地の実働部隊と上手くコミュニケーション取れれば、いい関係が築けると思う。こちらは利益を見込んで投資をするわけだけど、向こうの経済発展にだって繋《つな》がってほしいし。それは巡り巡って、またこっちの利益になるだろうし」

ふふっと笑った彼の口から白い歯が覗く。日に焼けたせいか、店内が薄暗いせいか、その笑顔が輝かしいものに莉子には見えた。こうして向かい合っているのに、来栖の胸に広がる景色の広さに気圧《けお》されしそうになる。店員が軽やかに運んできた前菜の盛り合わせが、とても軽薄なものに思えてしまう。

彼は、日本にいながら地球の反対側を見ている。彼の生き方は、「正解」を地で行っているようだった。会社の利益を追求し、でも浅ましくなくて、意地汚《きたな》くなくて、常にWIN-WINを追い求める姿勢も、実際にその理念を実現し、同期の中で出世頭《しゅっせがしら》となっているのも――「正解」を体現していた。

そう思うと、背筋がピンと伸びるような感覚がした。

その後、莫大な資金を動かしながら事業計画を推進する来栖に追い立てられるように、莉子も新しい企画をどんどん出した。その中のいくつかは、今もe-ウルドの人気コンテンツになっている。

充実していたし、楽しかった。でも同時に、いつも全力疾走《しっそう》だった。そうでないと、来栖に興ざめされるような気がした。

周介と付き合ってみて、自分はこれくらいのゆったりとした生活の方が性《しょう》に合っているんだと気づいた。能力のある人を見上げて生きるより、周介から「莉子ちゃん、莉子ちゃん」と頼られている方が、自分のパフォーマンスが上がる。

二十代の頃は全力疾走が心地《ここち》よかったけれど、三十を超えたら、ゆったりと堅実《けんじつ》に、パートナーと足並みを揃《そろ》えて歩んでいく方が楽しい。

「堅実、ではないか……」

とっくにCMは終わり、夜のニュース番組が始まっていた。

周介は確かに漫画家だけれど、連載も持っていないし、原稿料よりアルバイトの収入の方が多い。莉子は莉子で、ベンチャー企業と聞くと華やかそうに見えるだろうけど、実体は中小企業だ。授業動画の制作費もかなりのものだし、ユーザーを獲得《かくとく》するための広告宣伝費も、配信サイトを維持《いじ》し、より便利にしていくための開発費だって大きい。莉子に入ってくる給料なんて、同世代とたいして変わらない。自分達は世の中をよりよくするための事業をしている――そんな志とやり甲斐《がい》のおかげで回っている会社だ。

もし……もしこのまま、売れない漫画家である周介と一緒に暮らすなら、いつか結婚するなら、それこそ転職でも何でもして、自分が大黒柱《だいこくばしら》になるしかない。莉子が稼いで、周介は漫画を描く。不満はない。

私がベンチャー企業を選んだのも自己責任。周介が漫画を描いているのも自己責任。そういう人を選んだのも、自己責任。だから私は自分の責任で、自分を幸せに――せめて不幸でない人生にしたい。

テレビを消す。静かになった部屋で耳を澄《す》ますと、周介がペンを動かす音がかすかに聞こえてくる。カリカリ、カリカリ。彼が命を削って絵を描く音。この音は心地がいい。私も仕事を頑張ろうと、来栖とはまた違った活力をくれる。自分の中に、湧き水がふつふつと溢《あふ》れてくるみたいだった。

なのに、どうして自分は来栖に会いに行ったのだろう。もっともらしい理由を作ってまで、どうして彼の顔を見たかったのだろう。

今の自分を見せたかった？　彼に未練でもあった？

また、スマホが鳴る。映像制作会社からの返信だ。スマホに表示された今日の日付を見て、はっと息を呑む。

そういえば、来栖嵐が事故に遭《あ》ったのも、今頃だった。


六年前の十月。冬を先取りしたような冷たい雨が降った翌日のことだった。莉子も来栖も、二十六歳だった。大学を卒業して四年。新人の殻《から》を破って次のステップへと突き進んでいた、そんなとき。

朝だった。駅にほど近い、人通りの多い交差点。通勤途中の人々をなぎ払うように、居眠り運転の軽ワゴン車がそこに突っ込んだ。五人が撥《は》ねられ、車は交差点横の電柱に衝突した。ニュースにもなった。運転席部分がひしゃげた事故車輛の映像を昼休憩《きゅうけい》中にテレビで見た莉子は、事故現場が来栖の自宅の近くだと気づいた。

五人のうち、最後に撥ねられたのが来栖嵐だったと莉子が知ったのは、その日の夕方だった。夜に彼を見舞ったが、救急搬送されて手術を受けた彼は、病院のベッドで眠ったままだった。何度か顔を合わせたことがある来栖の両親が、左足が一番重症だと教えてくれた。

「完治はしないらしい」

来栖の口からそう伝えられたのは、事故の数日後だ。ベッドから体を起こし、テレビのニュース番組をつまらなそうに眺めながら、彼はぽつりとこぼしたのだ。

「え？」

あまりに唐突《とうとつ》で淡泊《たんぱく》な口振りだったから、思わず聞き返してしまった。

「左膝の複雑骨折、完治しないんだってさ。昨日言われた。リハビリすれば、普通に歩くことはできるだろうけど、左足は引き摺ることになるって」

一言一言、投げ捨てるように続ける彼に、打てる相槌《あいづち》がどんどんなくなっていく。最も重症だった左足はギプスで固定され、骨折した左手を首から吊《つ》って、頭には包帯《ほうたい》が巻かれたままで。どれもが、いつかよくなるものだと思っていた。まさか、まさか、まさか……。何も言えずにいる莉子に、来栖は一言、こう言ったのだ。

「終わったかもなあ、いろいろ」

何も言うことができなかった。来栖も、何か言ってほしそうな顔はしていなかった。ただ「終わったかも」という自分の言葉を噛み締めているようだった。

その日から来栖を見舞うのが怖くなってしまった。無理矢理足を病院へ向けて、湿った空気の中で彼と言葉を交わした。仕事に一生懸命な潑剌《はつらつ》とした来栖が、日に日に消えていくような気がしていた。

事故から三週間ほどたった日曜の昼。莉子が病室を訪ねると、松葉杖《まつばづえ》をついた来栖が手洗い場の小さな鏡を前にネクタイを締めていた。三角巾《さんかくきん》は外《はず》れたものの、ギプスをした左腕は動かしづらそうだった。

「……何してるの？」

彼が着ているのは、喪服《もふく》だった。真っ黒なネクタイをしっかりと締めた来栖は、松葉杖を片手に莉子を振り返った。

「死んだんだ、事故の相手」

続けて、来栖は一人の女性の名前を口にした。彼をそんな姿にした、事故の相手の名前を。

その人は、意識不明の重体で違う病院に搬送されたはずだ。

莉子が記憶しようとも思わなかった人の名前を。

「それで……まさかお葬式に行こうっていうの？　居眠り運転で嵐の足をそんな風にしちゃった人だよ？」

「居眠り運転の理由、過労だったらしいよ」

こつん、こつん。松葉杖を不器用に鳴らし、彼は病室を出て行こうとする。過労だなんて、彼は誰からその話を聞かされたのだろう。両親だろうか、見舞いに来た友人や同僚からだろうか。それとも、自分でわざわざ事故のことを調べたのだろうか。

慌てて、彼の前に立ち塞《ふさ》がった。

「居眠りの理由が過労だろうと何だろうとさ、相手は事故の加害者で、嵐は被害者だよ？　行ってどうするの？　向こうの遺族だって、来られたって困るよ」

「目が合ったんだよ」

莉子の方を見ず、来栖は続けた。

「事故の瞬間、運転手と目が合った。必死に避《よ》けようとしてくれたのがわかった。避けなかったら、向こうは縁石《えんせき》に乗り上げるだけで、死ぬことはなかったんじゃないかと思う」

「そんなの、あとからどうとでも言えるじゃない。嵐は被害者なんだからさ、自分のせいだとか、そういう風に考えることないんだよ」

私は今、真《ま》っ当《とう》なことを言っているはずなのに。来栖は莉子の声など聞いていない。

「一生懸命《けんめい》、働いてたんだと思うんだよ」

彼は今、頭の中で天秤《てんびん》の片方に自分を載せて、もう片方に事故の相手を載せて、皿が揺れ動くのを睨みつけているのだろうか。

「だから、せめてお焼香《しょうこう》ぐらいは、って思う」

莉子の体を押しのけ、来栖は病室のドアを開けた。慣れない松葉杖を使って歩いていく。全身を引き摺るような不自由な歩き方。大学の同級生の、会社の同期の先頭を切って颯爽《さっそう》と歩いていた人が、ゆっくりゆっくり、ぎこちなく進んでいく。喪服姿のその背中を見て、彼の言った「終わったかもなあ」という言葉を思い出してしまった。

結局、それから二ヶ月もしないうちに、来栖とは別れた。大きなやり取りもなく、二人で同時に手を離すように、ふわりと離れた。

未谷千晴

指定されたカフェに入ると、奥の席に剣崎の姿があった。「お待たせしてすみません」と駆け寄った千晴に、彼女は「今来たばかりです」と答えた。手元のアイスコーヒーは半分になっていた。

剣崎から面談の申し込みがあったのは先週末だった。それを知った営業の横山にタキガワの求人票を渡され、「もたもたしてるうちに他のエージェントに鞍替えされたらどうする」と超特急で面談日を設定させられた。剣崎の昼休みの時間を狙い撃ち、e-ウルドの最寄り駅までやって来たのだ。

「うわ、めちゃくちゃライバル企業……」

タキガワの求人票を確認した剣崎は、苦笑いしてアイスコーヒーのストローに唇を寄せた。

「すみません、もちろん把握《はあく》していたんですが、タキガワの担当営業が剣崎さんにぜひに、と」

「確かに、待遇いいですね」

e-ウルドでの剣崎の年収の二倍が、タキガワの求人票には書かれている。剣崎の経歴《けいれき》ならもっと交渉の余地があるかもしれない。

彼女はしばらく、求人票から目を離さなかった。睨みつけているようにさえ見えた。

「来栖さん、何か言ってましたか?」

だいぶたってから、剣崎が聞いてくる。

「いえ、何も」

「でしょうね」

来栖は剣崎の件に頑《かたく》なにタッチしようとしなかった。今日のことも彼の耳には入れたが、返ってきたのは「精々頑張ってきて」だけだ。

「剣崎さん、先日は転職するつもりはないと仰《おっしゃ》ってましたけど、この数週間で何があったんですか？」

「何が、ってわけじゃないんですけど。先のことを考えると、視野は広く持っておいた方がいいかなと思って」

求人票をテーブルに置き、剣崎はグラスを空《から》にする。

「私、今一緒に住んでいる人がいるんです。漫画家なんですけど、連載もしたことないし、全然稼いでなくて。結婚とかを考えると、私がバリバリ稼いで支えないといけないかなって」

「それで、転職を？」

「腹を決めたわけじゃないですけど、こうやって求人を見ちゃうと、考えますよね」

剣崎が一緒に暮らしている漫画家とやらが、どれほどの人なのかはわからない。でも、将来的に自分以外の誰かの生活を支えながら働くとなったら、そこに出産や子育てなんてビジョンを剣崎が見ているのだとしたら、e-ウルドよりタキガワの方が条件はいいだろう。

「タキガワは育休・産休制度も整《ととの》っていますし、時短勤務や在宅勤務にも力を入れていて、女性が長く働くにはいい企業だと思います。ただ、e-ウルドはオンライン教育の分野ではパイオニア的な会社ですし、剣崎さんも思い入れがあるのでは？」

「もちろん、私達も十年やって来たプライドはあります。今だって、後発のタキガワより私達の方が、教育業界のずっと先を見てると思ってます。でも、誇りとか志だけじゃ、ご飯は食べられないし」

小さく会釈《えしゃく》して、剣崎は求人票を折りたたんで鞄に入れた。

「三十を過ぎると、自分の前にある選択肢がはっきり見えるようになるんですよ。あれもこれも全部ほしい、じゃなくて、コレを取るならコレは諦めよう、みたいな」

e-ウルドで働き続けるなら、恋人との幸せな未来は諦めなきゃいけない。恋人を取るなら、e-ウルドで働き続けることはできない。剣崎の切れ長の目には、そんな選択肢がはっきり映っているようだった。

「凄く条件のいい求人ですし、早めにお返事をした方がいいですよね？」

千晴が頷いたら、剣崎はにこりと笑って「じゃあ受けます」と言いそうな雰囲気だった。転職エージェントのCAなら、そうするのが正しいのだろう。それがシェパード・キャリアの利益になるのだから。営業の横山も喜ぶだろう。

近くのテーブルに店員がコーヒーカップを置く。その音が、誰かさんの杖の音に聞こえた。

「でも、焦《あせ》らずじっくり考えてください。ギリギリまで私も社内の営業担当や企業側に掛け合いますので」

「転職エージェントなら、私を焚《た》きつけてさっさと転職させた方がいいんじゃないですか？　来栖さんならそうしそうだけど」

「そんなことをしても将来的に会社の利益にならないからと、来栖さんに口酸《くちす》っぱく言われてるんです。それに剣崎さん、会社のことを『私達』っておっしゃっているんで。私も去年まで広告代理店にいたんですが、その頃は会社のことを『私達』なんて思えること、なかったというか。だから剣崎さんは今の会社をとても愛しているんだなと思って」

剣崎が、唇の端《はし》っこに力を込めるようにして小さく唸《うな》る。

「でも、愛は税金を払ってくれないし、老後に何かあっても責任を取ってくれないでしょ」

「確かに、そうなんですけど」

以前、広沢も言っていた。「好きでもない仕事でお金稼いで悠々自適に暮らす、ってのも生き方でしょ？」と。確かにそうなのだ。誰かにとっての正しい生き方が、他の誰かにとっても正しいとは限らない。

「私はＣＡの仕事をするようになってまだ半年ちょっとですが、転職は自分の人生で何が大事なのか、その優先順位を見極めることなんだなと思うようになっていて。剣崎さんにとって今の会社が大事な場所なのだとしたら、後悔《こうかい》のないようじっくり考えていただきたいんです」

何を偉そうにと、自分で自分に毒づいてしまう。自分の人生で何が大事？　優先順位？　見極められていないのは当の自分なのに。

「転職エージェントって、そういう感じなんですね」

しばし千晴を凝視した剣崎は、怪訝《けげん》な表情のまま、口元だけで小さく笑った。

「私の直属の上司が来栖さんなので」

「大学時代も、商社マンの頃も、正解のど真ん中を突き進んでるような男だったんですけどね」

剣崎の手元でスマホが鳴った。午後の打ち合わせに遅れないようにと、面談の前に設定していたアラームだ。慌てて会計を済ませ、剣崎と一緒に店を出た。意志が固まったら連絡をくれとか、相談したいことがあったらいつでも応じるからとか、そんな事務的な話ばかりをした。

ところが、駅前の交差点で立ち止まった瞬間、彼女はおもむろに表情を引き締めた。高めのヒールを履《は》いた剣崎が、千晴をちらりと見下ろす。

「そういえば、聞かないんですね」

はい？　と首を傾げた千晴に、剣崎は自分の頬をつんつんと指先で突いた。

「来栖嵐のことが聞きたいって、顔に書いてありますよ。初めて会った日も、今日も」

交差点は赤信号になったばかりだ。ここを渡らないと駅に行けないし、剣崎とも別れられない。逃げ場がないと思うと、言葉が続かない。

答えずにいる千晴に、剣崎は勝手に話し始めた。

「あの人は、大学時代からゼミ長やらバレー部の部長やらをやってて、大学の成績も良くて、友達もいっぱい。卒業後は五大商社の一つでバリバリの商社マン。入社式で新入社員代表でスピーチまでした。入社二年目でブラジルの鉱山会社の投資管理を任されて、同期の中じゃ出世頭、それも独走状態。行《ゆ》く行くは海外エネルギー事業部で、アフリカの再生エネルギー開発に携《たずさ》わりたいって言ってた」

剣崎の口調《くちょう》は淡々としていた。家電か何かの取扱説明書を読み上げているみたいだった。

「でも、二十六歳のとき、出勤途中に交通事故に遭った。彼は普通に横断歩道を渡ってただけなのに、居眠り運転の自動車が交差点に突っ込んできて、五人撥ねた。他の四人は軽傷だったけど、唯一《ゆいいつ》重症だったのが、彼」

交差点を自動車が通過する。剣崎の背後を、軽ワゴン車が走り抜けていった。スピードはたいして出ていないのに、喉元《のどもと》がひやりと窄《すぼ》まる。

「足が不自由になってから、彼は総務部に異動になった。その頃はほとんど連絡を取り合ってなかったから、なんで会社を辞めたのかはわからないけど、気がついたら退職していて、連絡がつかなくなった」

信号が青になる。剣崎が歩き出す。千晴は一歩遅れて、彼女についていった。「なるべく早くご連絡します」と言って会社に戻る彼女の背中を見送り、しばらくそこに留まっていた。

正解のど真ん中を突き進んでいたような来栖嵐という男は、事故を経て人生の優先順位が変わったのだろうか。もしそうなら、何がどう変わって、今、何を見ているのだろう。

「え、保留《ほりゅう》にしたの？」

千晴の報告を聞いて、案《あん》の定《じょう》、横山は不満そうに声を凄ませた。彼からすれば、今日の面談で剣崎から「タキガワの選考を受ける」という回答を引き出してほしかったのだろう。

「剣崎さんも、今の会社を辞めるかどうかまだ決めかねているようだったので、一度持ち帰ってもらいました」

「明らかにタキガワの方が条件はいいんだから、そこは推《お》すところだろ。うちは人生相談のボランティアをやってるわけじゃないんだからさあ」

横山の目が千晴の背後に向いた。求職者との面談を終えた来栖が戻ってきたところだった。

「とりあえず、向こうが迷ってるなら、しっかりメールで追い打ちかけといて。別に無理矢理転職させるわけじゃない。相手が揺れ動いてるときに、背中を押すだけなんだから」

言葉の割に厳しめの言い方をして、横山は鞄を抱えてオフィスを出て行った。担当の企業を訪問するのだろう。ああやって営業が求人を獲得してくるから、CAは求職者に転職先を紹介できる。横山からすれば、自分の取引先に「シェパード・キャリアに求人を出してよかった」と思ってもらえるような人材を紹介したいわけで、彼の行動は真っ当で、正しい。

「未谷さん」

顔を上げると、来栖が「ちょっといい？」と会議室を顎でしゃくった。

「剣崎莉子の面談について、聞きたいことがある」

先に行っていて、と指でジェスチャーする彼に、何度も首を縦に振って会議室に小走りで向かった。広沢から「面白い情報引き出してね！」とエールを送られてしまう。

数分後、来栖は二人分のコーヒーを手に現れた。紙コップを片手で器用に二つ持って、杖をつきながら最奥の椅子に腰掛ける。コーヒーが必要なほど長丁場《ながちょうば》になるのだろうかとおののきながら、彼の向かいに座った。

「未谷さん、砂糖は入れなくてよかったっけ?」

「コーヒーはブラック派なんで、大丈夫《だいじょうぶ》です」

差し出されたコーヒーを両手で受け取って、一口飲んで、手帳を広げる。剣崎との面談で碌《ろく》にメモなんて取っていなかったと、今更ながら思い出した。

「剣崎さん、転職について少し前向きに検討しているようでした」

「随分急な心変わりだったな」

彼女らしくない、そんな来栖の声が聞こえてきそうだった。

「剣崎さん、今一緒に暮らしている方がいるらしく……」

「その人との今後を考えると今の会社にいるのは堅実ではないと考えた、ってところだろ。コンテンツへの投資がでかいから、なんだかんだで薄給なんだよな、あの会社」

コーヒーを手にしたまま、来栖が頬杖《ほおづえ》をつく。驚いているようには見えないが、何を思っているのかもわからない。ただ、魔王の目が千晴をじっと見ている。

「……そんなところです」

言葉を絞《しぼ》り出し、コーヒーをぐいと飲んだ。まだ熱かったが、飲まないと間が持たない。

「横山さんは、剣崎さんをぜひタキガワに推薦《すいせん》したいと言っているんですけど、あまり急《せ》いてはいけないと思って、一旦持ち帰ってもらいました」

「横山は大層ご立腹《りっぷく》のようだけど」

来栖の胸の内を推《お》し量《はか》ろうにも、何も見えてこない。本当は剣崎の恋人の話を聞きたいのではないか。そして、彼女が自分のことを何と言っていたか知りたいのではないか。

「来栖さん、他に何を聞きたいんですか？」

来栖が千晴を見る。眼球が動く音まで聞こえてきそうで、無意識に息を呑んだ。

「剣崎莉子のことはどうでもいいんだよ」

カップを手にした来栖は、半分以上残ったコーヒーを弄ぶようにくるりと回す。二回、三回と繰り返して「あのさ」と手を止めた。

「未谷さんのコーヒー、砂糖を三つ入れた俺のを間違って渡したと思うんだけど、凄く甘くなかった？」

思いもよらない方向から飛んできたボールを、千晴は受け取ることができなかった。地面に転がったボールを、慌てて拾いに走る。

「はい、もの凄く甘くてびっくりしたんですけど、言い出せなくて」

でも大丈夫です。別に砂糖が入ってても飲めるんで。お気になさらず。

そう続けようとしたのに、来栖に言葉を奪《うば》われた。

「砂糖なんて入れてないんだけどね」

千晴が両手に持った紙コップを指さし、彼はもう一度「入れてない」と念を押す。来栖はどんどん表情を鋭くしていった。生きるか死ぬかの殺し合いでもしているような顔だ。

血の気《け》が引いた。取り繕《つくろ》う言葉を探した。でも、来栖の方が早かった。

「いや、俺の勘違いかもね。やっぱり砂糖を入れていたかもしれない。未谷さん、飲んで確認してみてよ」

残ったコーヒーを見下ろす。呑み込まれそうな真っ黒な液体は、視界に深い穴が空《あ》いているようだった。穴の底から、黒い手が今にも伸びてきそうだ。

「すみません、わかりません」

わからないってどういうこと？　と来栖は聞いてこなかった。なんだ、わかってるじゃないか。わかっているなら、こういう追い詰め方をしなければいいのに。

「いつから」

「前の会社を辞める直前くらいです」

「じゃあ、一年近く食べ物の味がわからないまま、暮らしてたってことだ」

馬鹿だな。そんな声が聞こえた気がした。来栖の表情を窺《うかが》うと、まさにそんな顔で千晴を凝視していた。

「そう言われると、大袈裟《おおげさ》な感じに聞こえますけど——」

具体的にいつからこうなってしまったのか、わからない。一之宮企画で働いていた頃、気がついたら食べ物の味が薄いと感じるようになった。何を食べても、甘くもなく辛《から》くもなく、酸っぱくも苦《にが》くもない。ぼんやりとした味に感じるようになって、それすら感じなくなった頃、会社でぱたりと倒れた。

「来栖さん、どうしてわかったんですか？　夏頃ご一緒した、餃子《ギョーザ》屋さんのパクチーですか？」

「最初におかしいと思ったのはそのとき。だからこの前、広沢にコレと同じことを試してもらった」

再び千晴のコーヒーを指さした来栖に、二週間ほど前の記憶が蘇《よみがえ》る。広沢とランチに行って、ドリンクバーでコーヒーを淹《い》れてもらった。「ブラックでよかった？」と差し出されたコーヒーを、何も言わず飲み干した。

シェパード・キャリアで働き続けるかどうか悩む千晴にアドバイスをしながら、広沢も胸の内で怪訝な顔をしていたのだろうか。

「さすがは、魔王様とか言われるだけありますね。鎌《かま》のかけ方が意地悪です」

「俺の性格が悪いのは君もよく知ってるだろ」

千晴の精一杯の皮肉を、来栖は意に介さなかった。鼻で笑われてしまった。

「君の上司としてアドバイスするけど、病院に行くなり休職するなり、何か手を打った方がいいと思うよ。君の担当くらいなら俺が引き継いでも問題ないし、休職の扱いくらい、社長がどうとでもしてくれるだろ」

新しい職場に移っても味覚障害が治らないんです、なんて言ったら、休めと言われるだろう。また働けなくなる。何者でもない自分に逆戻りしてしまう。

私は、それが怖い。何より、休職しても何の支障《ししょう》もない人間なのだという事実が、自尊心をぐずぐずに溶かしてしまう。

「ここからは未谷さんの教育係じゃなくて、担当ＣＡとして話すけど」

深々と溜め息をついた来栖は、求職者を相手にするような素っ気《そけ》ない眼差《まなざ》しを千晴に向けた。

「君はシェパード・キャリアで半年働いて何を学んだんだ。仕事するってことは、転職するってことは、君にとって結局、自分を苦しめるだけのものだったか？」

肩に付いた雨粒を払うように言い捨て、来栖の手が杖へ伸びる。紙コップを回収して、会議室を出て行ってしまう。広沢を呼ぶ声がした。来栖と入れ替わるように、広沢が会議室に駆け込んでくる。

「うわ、大丈夫？」

まさか泣いていたんじゃないかと、頬に触れてみた。濡れてはいなかった。眼鏡《めがね》越しの視界は、曇《くも》っても潤《うる》んでもいなかった。

「今にも内臓を全部吐き出しそうな顔してる」

隣に腰掛けた広沢が、泣いているわけでもないのに背中を摩《さす》ってくれた。十分後には、「さあ、休憩おしまい！」と千晴の肩を叩《たた》いて、会議室を出て行った。


「亜鉛《あえん》がいいんだってさ」

新宿駅側の居酒屋に入った途端《とたん》、広沢はスマホで亜鉛を多く含む食品を調べながら注文をしていった。牛レバー串に、牡蠣《かき》フライに、椎茸《しいたけ》のオーブン焼きに、ひじきの佃煮《つくだに》と海藻《かいそう》サラダ。「意外と亜鉛って摂取《せっしゅ》できるもんだね」と、牛レバーを囓《かじ》りながら広沢は笑った。

「加熱しちゃっても亜鉛って破壊されないのかな」

「どうなんでしょうね」

味覚障害には亜鉛を取るといいと知って、極力食べるようにしていた頃があったけれど、効果は感じられなかった。

「ていうか、味覚がないままでよく生活できるよね。私には無理だわ、ビールの味もご飯の味もわかんないなんて」

童顔の彼女にははなはだ似合わない大きなビールジョッキを、広沢はすでにほとんど飲み干してしまっている。

「慣れちゃうと、意外と平気なんですよ」

「とりあえず、病院行ったら？　薬とか出してもらえるんじゃない？」

広沢の口調は軽やかで、千晴の味覚障害が大事《おおごと》ではないかのように話してくれた。それがありがたかった。もしかしたら来栖もそれを察して、広沢に千晴を任せたのかもしれない。

「シェパード・キャリアって、いい会社だと思うんだよ。転職エージェントって、酷《ひど》いところは本当に酷いって私は身をもって知ってるから。未谷がうちでＣＡを続けたいって思うなら、通院でも何でもしながら働いてほしいって私は思う」

「広沢さん、酷い転職エージェントに当たったことがあるんですか？」

「働いてたの。シェパード・キャリアに来る前に、別の転職エージェントで」

広沢が口にした会社名は、千晴もよく知る大手転職エージェントだった。

「前の会社はねえ、言い方は悪いけど薄利多売なエージェントだったの。企業はエージェントに払う報酬《ほうしゅう》を抑えることができるけど、そのぶんエージェントは、どんどん求職者を企業に送り込まないといけない。ノルマが厳しくてねえ……しんどかった」

ビールジョッキを空にした広沢は、近くにいた店員に「同じの、もう一杯！」と声を上げた。直後についた溜め息に、ノルマが如何《いか》に厳しかったかが窺えた。

「ノルマに追われてるとね、求職者が人間じゃなくてただの記号になるの。履歴書で職歴とか学歴とか年齢を見た瞬間、その人の顔の上に点数が自動的に表示されて、このランクの人だとこの会社に押し込めるなーとか、この人の希望は叶《かな》えられないから真面目に相手しても無駄《むだ》だなーとか、思っちゃうんだよね」

箸《はし》を置いて話を聞いていた千晴に、広沢が椎茸ののった皿をすーっと押してくる。促《うなが》されるまま、分厚い椎茸にかぶりついた。

「この流れで聞くのも変ですけど、広沢さんはこの仕事のどこが好きなんですか？」

うーん、と唸った広沢は、遠慮し合って皿に一つだけ残ってしまっていた牡蠣フライを口に放り込んだ。「あんまり仕事を好き嫌いで測らないようにしてるんだけどね」と言いながらも、千晴の問いに答える言葉を探してくれた。

「転職って、人生の節目《ふしめ》じゃん。未谷だってあと何年か後に自分を振り返ったとき、一之宮企画で働いていた自分が社会人としての第一章、うちでＣＡやってるときが第二章、みたいに考えるでしょ？」

果たして、シェパード・キャリアでの今の時間は、第二章なのだろうか。それとも、第一章と第二章を繋ぐ間章だろうか。閑話休題《かんわきゅうだい》か何かだろうか。店の壁に貼られたメニュー表をぼんやり見上げながら、自分が真っ白な原稿用紙の上にたたずんでいるような気分になった。

「誰かの人生の節目の傍《かたわ》らに立って、その人の次の章がいいものになるようにサポートするっていうのは、やり甲斐があるなって思うよ」

「そう思うようになったのは、シェパード・キャリアに来たからですか？」

「転職エージェントも悪いもんじゃないなって思ったのはシェパード・キャリアに来てからだけど、他の業界に行かなかったのは、なんだかんだで転職エージェントはいい仕事なんだって思ってたからじゃないかな。今の会社が悪いんであって、この仕事は悪いもんじゃないって」

広沢のもとに新しいビールが届く。ぐい、とジョッキを呷《あお》った広沢は、まるで一杯目を飲んだかのように笑顔になった。

仕事の話をしながらお酒を飲んでそういう顔になれる人を、羨《うらや》ましいと思った。

広沢と別れてから、帰りの電車の中で久々にSNSを開いた。千晴はもう二年以上更新していないが、繋がりのある人々は頻繁に近況を綴《つづ》っていた。一之宮企画の同期で、千晴が抜けた穴を埋めるために営業企画部に異動した子が、羽田空港のラウンジの写真をアップしていた。行き先は明記されていないが、どこかに出張に行くようだ。

彼女は自分と違って、竹原のもとで上手いことやっているのだろう。〈何かあったら相談のって〉と以前メッセージが送られてきたけれど、結局一度もそれらしいやり取りはない。

あの頃に戻りたいなんて一ミリも思わないのに、何故か胸の奥がささくれ立つ。これは嫉妬《しっと》だ。自分ができなかったことを同期が難なくこなしていることを、やっかんでいる。

ぼんやりしていたら、スマホがスリープモードになって画面が暗くなった。冴えない顔をした自分が映り込む。あんたは、どうなりたい。仕事をしていたい。大人として恥ずかしくないように生きたい。親や友人に呆《あき》れられたくない——でも、それだけで満たされるわけでもない。

私は、自分の仕事が充実していることを誇らしげにSNSに書き込める人間になりたいのだろうか。仕事の話をしながら笑顔でお酒が飲める人間になりたいのだろうか。

——そんなこと自分で決めてください。大人なんですから。

いつかの魔王の声が聞こえて、千晴はスマホを鞄の奥底に仕舞い込んだ。電車が大きく揺れて、ふらつきながらつり革に手を伸ばした。

剣崎莉子

十月も終わりが見え、夜は冷えるようになった。スマホで仕事のメールをチェックしながら、莉子は白菜と鶏肉を煮込んだ鍋にコンソメキューブを放り込み、蓋《ふた》をした。

スマホが鳴る。冬休みシーズンに配信する授業動画に出演予定の講師から、授業内容の草案が上がってきた。ダイニングテーブルに突っ伏すようにして、返信を打つ。

送信ボタンを押したのを見計らったかのように、シェパード・キャリアから電話がきた。あ、と声が出る。仕事に追われて、タキガワに応募するかどうか返事をするのを忘れていた。

「はい、剣崎です――」

時刻は夜八時。生真面目《きまじめ》に、一生懸命に話す未谷の顔が浮かぶ。シェパード・キャリアの終業が何時かはわからないが、自分への電話のためにわざわざ残業させてしまったのだろうか。

そんな心配は、聞こえてきた声に掻き消される。

『シェパード・キャリアの来栖です』

名乗った彼は、事務的にタキガワへ応募するか否か結論は出たかと問い合わせてきた。初めてシェパード・キャリアを訪ねたときと一緒だ。

「CAの指名はできないんじゃなかったんですか？　私の担当は未谷さんのはずですが」

『今日は未谷が休みを取っているので、僕が代わりにお電話させていただきました』

莉子の意地悪な問いかけにも、淡々と答えてくる。莉子は姿勢を正した。背筋を伸ばして、声がよく通るように腹に力を入れる。

思い出してきた。彼と付き合っていた頃はいつもこうだった。周囲より一歩も二歩も早く前に進んで行ってしまう来栖に振り落とされないよう、必死だった。

『タキガワが求めている人材像と、剣崎さんはぴたりと一致します。採用される確率は高いですし、タキガワ以外の教育系の会社にも、剣崎さんの経歴は魅力的だ思います。本気で転職をお考えのようでしたら、弊社でお手伝いをさせていただければと』

「シェパード・キャリアさんからしたら、私が転職しないとただ働きになっちゃいますもんね」

『確かに、転職エージェントは、求職者から利用料をいただいていません。求人企業から報酬を受け取って初めて利益が生まれます。本当なら、剣崎さんにはさっさとタキガワに転職していただいた方が、弊社の利益になります』

電話の向こうにいる来栖の顔が、脳裏にはっきりと浮かんだ。モノクロの世界を生きているような、温度の感じられない表情。そういう男ではなかった。莉子が思い出す来栖嵐は、いつだって爽やかに笑う好青年だった。事故のあとに病院に見舞いに行ったときでさえ、足が不自由になったことへのショック、事故の相手が亡くなってしまったことへの苦悩、退院後の生活が見えないことへの恐怖――それらがちゃんと彼に内在していた。

六年ぶりに会った来栖嵐は、それらの感情をヤスリで削《そ》ぎ落としてしまったようだった。

『しかしですね、剣崎さん。僕達の労働が無駄だとか無駄じゃないとか、会社の利益だなんてものは、貴方の人生の前ではどうだっていいものなんですよ』

変わらない声色《こわいろ》で、来栖は続けた。会社の利益なんてどうだっていい。彼がそんなことを言うようになるなんて。

「それって、私に転職するなって遠回しに言ってる?」

何故だ。来栖が「転職しろ」と言えば、私は転職するんだろうか。「するな」と言えば、しないのだろうか。どうして六年も前に別れた男の言葉で決断しなくちゃならないのか。私はなんだかんだで、彼と別れなければよかったと思っているのだろうか。

『そんなこと自分で決めてください。大人なんですから』

こんな物言いをする男ではなかったはずだ。電話でよかった。目の前で言われていたら、殴《なぐ》りかかっていたかもしれない。

「転職って《そんなこと》ですか？　人生を左右する大きな決断だと思うんだけど。大きすぎて自分だけじゃ決断できないから、だからCAなんて職業があるんじゃないの？」

『そうですよ。転職はとても大きなものです。だからご自分で決断していただかないといけないんですよ』

「はいはい、自己責任ってやつね」

外から物音がした。周介がバイトから帰ってきたのかと思ったが、どうやら隣の住人が帰ってきただけのようだ。早く帰ってこないかな。そうしたら「すいません、家族が帰ってきたので」と電話を切れるのに。

家族が帰ってきたので、って。

「ねえ、どうして私が、シェパード・キャリアに——貴方に会いに行ったんだと思う？」

『さあ、剣崎さんのことなので、僕にはわかりかねます』

「私も、よくわからなかった。もしかしたら、あわよくば貴方と元サヤに戻れたらなんて血迷ったことを考えてたのかも。でも、そうじゃなかったって、今思った。私はね、過去の《もしかしたら》って可能性を潰《つぶ》しに行ったんだ。嵐じゃなくて、今の彼と一緒にいる自分がいいって、自分の気持ちを確かめたかったんだ」

周介と共に歩む未来に、自己責任に一抹《いちまつ》の不安を感じたから、だから来栖との《あったかもしれない未来》を、その先にどんな可能性があったのかを、この目で見てみたかった。

「私、転職する。ライバル企業だって何だっていい。今の彼との生活を守るために、私が稼いで彼を支える」

誰かに経済的に頼りきって生きていきたいわけじゃない。ただ、すべてを自分が背負うことにおののいていた。でもその恐怖は、周介と暮らす日々と天秤にかければ、容易《たやす》く振り払えるものだったのだ。

『そうですか』

人が決断したというのに、煽《あお》るだけ煽った来栖の返事はやはり淡泊だった。この人は本当に変わってしまった。

『では、剣崎さんの転職活動を、シェパード・キャリアは全力でサポートさせていただきます』

そのとき、玄関からドアの鍵を開けるがちゃついた音が聞こえた。周介が、帰ってきた。

「莉子ちゃーん、ただいまあ」

外は寒いはずなのに、日向《ひなた》に寝転ぶ猫のような声を上げて周介は靴を脱ぎ捨てた。また、アイスの入ったコンビニのレジ袋をぶら下げている。

『最後に一つ、とても個人的な忠告があります』

周介を前にして、来栖の声に応《こた》えられなかった。電話中だと気づいた周介が口パクで「ごめんね」と言って、レジ袋をテーブルに置く。

『貴方は、僕に負い目があるだけだと思いますよ。怪我《けが》をした僕を支えられなかったから、今の恋人を全力で支えないといけないって』

はあ？　と、声に出しそうになって、咄嗟《とっさ》に口を掌《てのひら》で押さえた。

『でも、自分が支えないと、という責任感が必ずしも相手を幸せにするとは限らないですよ』

何も答えずにいるのに、来栖は『また明日ご連絡します』と電話を切った。ツーツー……と響く電子音に、莉子は口を半開きにしたまま聞き入った。

「聞いて、莉子ちゃん」

周介の声が、そんな莉子を現実に引き戻す。がさがさとレジ袋を漁《あさ》り、高級カップアイスを莉子の手に押しつけてくる。掌を叩かれたように冷たい。でも、その刺激が心地いい。

「連載決まった！」

両腕を天井に向かって振り上げ、周介が叫ぶ。「連載！　連載できるって！」と、何度も何度も繰り返す。

「連載って、この間まで描いてた、あれ、あれ……」

あれ、あれあれ……ネーム……。言いかけた莉子に、周介が「そう！」と頷く。

「帰り道に電話もらってさ、今日の会議で連載のGOサインが出たんだ。ホント、よかったあ」

そのお祝いに、コンビニでアイスを買ったのだろうか。周介は莉子の手からアイスを取り上げると、「お風呂上がったら食べよ」と冷凍室に放り込んだ。

まだ「おめでとう」すら言っていないのに、周介は自分の部屋に駆け込もうとする。

「来月から連載スタートなんだ。今日から作業しなきゃ」

まるで、昼休みにサッカーボールを抱えて教室を飛び出していく子供だ。武者震《むしゃぶる》いなのか何なのか、忙《せわ》しなく肩と足を上下、前後に動かしている。

「しゅ、周介！」

彼の腕を引っ摑《つか》み、両手で彼の頭をぐしゃぐしゃと掻き回した。莉子より少し背の高い彼を見上げ、愛犬を愛《め》でるように何度も何度も撫で回す。

「おめでとう」

言ったら、喉の奥が強《こわ》ばった。周介の連載が決まったら、泣いて喜ぶと思っていたのに、意外と涙は出てこない。あまりに突然で、驚きの方が勝《まさ》っている。まさか、これは夢か、もしくは周介の勘違いか何かなんじゃないか。そんな風に思ってしまう。

「ありがとう、莉子ちゃん」

鳥の巣のようになった髪を撫でつけながら、周介が笑う。目がぎゅっと細くなる笑い方。莉子が初めて周介に仕事を依頼したときも、彼はこうやって喜んだ。

「ねえ、周介」

朗《ほが》らかで素直でいい人そうだ、なんて思ったのだ、私は。

「私さ、e-ウルドを辞めて、転職しようと思うんだ」

周介の笑顔が、水が干上《ひあ》がるように引っ込む。小首《こくび》を傾げた彼に、自然と頬が緩んでしまう。この人と暮らす五年後や十年後、ずっと先の未来も大事にしたいと、心底思った。

「もっと稼げて、安定してるところに転職する。今の今までね、転職エージェントの人と電話してたの」

「でも莉子ちゃん、今の仕事が楽しいんじゃないの？　いつもご飯食べながら、次はこういう企画を立てるんだとか、こういう動画を作るんだって、楽しそうに話してるじゃん」

「でも、好きとか楽しいとかだけじゃ暮らしていけないじゃん」

愛は税金を払ってくれないし、老後に何かあっても責任を取ってくれない。創業直後に新卒で入社して、十年も勤めた会社だ。そりゃあ、思い入れだってある。e-ウルドの成長が、そのまま莉子の成長だった。

「そうだけどさ、俺は莉子ちゃんに好きな会社で楽しく仕事しててほしいよ」

少し身を屈《かが》めた周介が、莉子に目線を合わせる。正面からこちらを覗き込んでくる彼の目元には、うっすらと隈《くま》がある。〆切が近くなるとしょっちゅう徹夜をするから、隈が癖になって消えなくなってしまったのだ。

「でも」

「俺も頑張るからさ。連載、早期打ち切りにならないように、面白くなるように頑張るし。これから頑張っていくから。《頑張る》ばかり言ってて莉子ちゃんからすると頼りないかもだけど、でも頑張るからさ。一緒に頑張ろうよ」

インクで黒くなった周介の指が、莉子の手に伸びる。莉子の右手を取って、「一緒にさ」と微笑む。

一緒に頑張るなら、ますます私がもっと大きくて安定した会社に行った方がいいじゃない。周介の連載だってどうなるかわからないんだし……するするとそんな反論が出て来そうになって、ハッと息を呑んだ。

うなじのあたりがヒヤリと冷たくなって――どうしてだか、冷淡な顔をした来栖が、脳裏でこちらを振り返った。

「……頑張れるかな、私達」

結局私は、先のことを不安に思いながら、周介を支えようなんて言いながら、周介のことを全く信じていなかったんだ。彼が連載を勝ち取ることも、漫画家として生計《せいけい》を立てることも、何一つ、当てにしていなかった。

「一人だと自信ないけど、二人ならなんとかなる気がするよ」

たいして深く考えていない顔で、周介は「大丈夫、大丈夫」と莉子の手を上下にぶんぶんと振った。でも不思議と苛立ちはしない。私はこんなに真剣に考えているのに能天気《のうてんき》なんだから、とは思わない。

むしろ、私達はこうやってバランスを取り合って、生きていけるのかもしれない。

「転職エージェントのＣＡさんにね、『剣崎さんは今の会社をとても愛しているんだなと思いました』って言われたんだよね、私」

「そのCAさん、わかってるねえ。莉子ちゃんは会社が大好きだよ。家に帰ってきても、一生懸命メール打ったり電話したりしてるもの。愛がなきゃそこまで仕事できないよ」

うん、そうだね。ホント、そうだね。周介に手を握られたまま、繰り返した。手持ち無沙汰《ぶさた》になった周介が「やっぱり先にアイス食べようか」と、冷蔵庫に歩み寄る。

スキップする彼の足の裏についた小さな綿ゴミを見た瞬間、本当に不思議なことに、視界が潤んでしまった。

未谷千晴

「本当にすみません」と、剣崎は頭を下げた。あまりに深々としていて、千晴は仰《の》け反《ぞ》りそうになった。

「転職しないって言ったりするって言ったり、自分でも恐ろしいほどに勝手だと思ってます」

初めてシェパード・キャリアを訪れたときとは打って変わって恐縮《きょうしゅく》しきった様子で、剣崎はうな垂《だ》れた。

転職するかどうか迷っていた彼女は、数日前に電話で来栖に対し「転職する」と宣言した。ところが翌日になって、「やっぱりe-ウルドで働く」と撤回の連絡をしてきたのだ。

「いえ、転職活動をしてみて、やっぱり今の会社で働き続けようと考える人もおられますから」

「別に、未谷さんからいただいた求人の条件に不満があったとか、そういうわけじゃないんです。来栖さんから電話をもらったときは転職する気満々だったんです」

「それじゃあ、どうして……」

「転職するって一緒に住んでいる彼に話したら、『好きな会社で楽しく仕事しててほしい』と言われて。そのとき初めて、自分が頑張るばかりで、相手と一緒に頑張っていくって発想で将来を見てなかったなって気づいたんです」

それで剣崎は、二人で頑張って行く未来を選んだ、ということか。

剣崎はとても朗らかな顔をしていて、転職しないという決断に満足しているようだった。その満足感が、千晴の胸をも満たしていく。果たして、この満足感は転職エージェントの人間として正しいのだろうか。一抹の不安を、胸の片隅で感じた。

「あと、未谷さんに、私がe-ウルドを愛してるように見えるって言っていただけて、まさにその通りだなって思ったんです。今はもちろん教育業界そのものにも思い入れがありますけど、それ以上に、今の会社が好きだから、二十代を仕事に捧《ささ》げてきたんだなと気づいて」

二十代を仕事に捧げたって、格好《かっこう》つけすぎですかね？　ふふっと笑った剣崎に、千晴は何度も首を横に振った。自分の何かを仕事に捧げた。そんな風に言って笑顔になれる人は幸せだ。

剣崎の切れ長の目が細められるのを見つめながら、思った。

「というわけで、未谷さんには直接謝罪したかったんです」

　本当にすみませんでした、と剣崎が再び頭を下げる。彼女はわざわざ半休を取って千晴に会いに来てくれたのだ。剣崎の謝罪と同じくらい丁重《ていちょう》に礼を言って、午後から仕事に向かう彼女をエントランスで見送った。

「来栖さんには会っていかなくてよろしいんですか？」

　エレベーターのボタンを押そうとした剣崎に、そう問いかける。彼女は「いいです」と笑って下りボタンを押した。

「この前、電話でやり合った結果、あの人とは別れて正解だったと心底思ったんです」

　エレベーターに乗り込んだ剣崎は、にこやかに笑って去っていった。別れて正解だったと思えるほどのやり合いとは一体……と考えて、恐ろしくなってやめる。

　オフィスに戻ろうとしたら、営業の横山が険しい顔でエントランスにやって来た。彼が言わんとしていることが全部顔に書いてあって、ぎくりと肩が震える。

「求職者の剣崎さん、説得しなかったの？」

　声を潜《ひそ》め、でもそのぶん尖《とが》らせて、千晴に聞いてくる。

「剣崎さん、今の会社で頑張りたいとおっしゃっていたので」

「でも、会社に不満があったから、一度は来栖さんに転職するって言ったんだろ？」

「そのあと考え直した、とのことですけど」

　はあ、と溜め息をつかれた。無意識に顔が強ばってしまう。物覚えの悪い子供でも見るような目を千晴に向け、横山は「あのさあ」と後頭部を掻きむしった。

「そこを説得するのがＣＡの仕事でもあるんじゃないの？」

「剣崎さんが、とても満足そうな顔をしていたんです。うちの利益にはなりませんでしたが、悩みが晴れて今の生活に戻れるならと思って」

あそこで剣崎の不安を煽って、「やっぱり転職します」と言わせるべきだったというのか。転職エージェントの仕事は、時として求職者の人生を左右してしまう。私にそんな資格があるのだろうか。自分の人生すら見通しが立たない人間が、誰かの人生に影響を与えるなんて許されるのだろうか。

「ちょっと、来栖さんの真似をしすぎなんじゃないの？」

冷ややかに横山が言う。彼の視線がちらりとオフィスの方へ向いた。

「あの人は勝手をしてる分、利益も出してるんだよ。でも見習いＣＡの未谷さんが同じことをやったら、会社の不利益になるだけだ」

返す言葉を探した。何故か胸のあたりでブレーキがかかって出てこない。

「魔王様気取りはやめた方がいいよ」

ぐうの音《ね》も出なかった。

代わりに、カツン、と乾いた鋭い音が聞こえた。

「横山、俺を呼んだか」

愛用している真っ黒なファイルを片手に、来栖がやって来る。「エントランスで揉《も》めるなよ」と小言《こごと》をこぼしながら、千晴と横山の前に立つ。

一瞬だけ顔を顰《しか》めた横山は、意を決したような目で、剣崎の名前を出した。

「剣崎莉子さんを、どうして転職するように説得しなかったんですか？　しかも未谷さん一人に相手させて」

日頃の来栖に対する苛立ちを、何枚ものオブラートに包んで、そっと投げつけるように横山は言った。

「説得も何も、彼女が転職しないと決めたのを、エージェントが覆《くつがえ》すのはおかしいだろ」

「元カノだからですか？」

「昔の恋人である前に、うちの求職者だ。そそのかして転職させたっていい結果にはならないし、未谷が最後まで丁寧《ていねい》に対応したから、数年後にやっぱり転職しようと心変わりしたとき、またうちに来るかもしれないだろ」

もっと先を見据《みす》えろ、とでも言いたげな、ちょっと上から目線な言い方だった。横山が何か言い返そうと息を吸う音がしたが、「そういえば」と来栖が素早く遮《さえぎ》ってしまう。

ファイルを開いて、履歴書を一枚取り出す。いやににこやかな笑みを浮かべて、来栖はそれを横山に手渡した。

「タキガワを希望してる求職者がいる。経歴もばっちり。明日からでも働きたいそうだ」

笑みを絶やさない来栖に、横山は眉間《みけん》に皺《しわ》を寄せた。毎日一緒に働いている同僚なのに、初めて見る生き物を——いや、もっとおどろおどろしいものを前にしたような、そんな顔。

「ほんとに……」

なんと続けようとしたのだろう。横山は諦めたように肩を落とし、「確認しておきます」とオフィスに戻っていった。腹立たしいがどうやり返せばいいかわからない、と背中に書いてある。

「横山が怒るのも当然か」

これまでの所業《しょぎょう》を振り返ったのか、しかし、少しも悪びれる様子なく来栖が呟く。

「どうだったの」

突然そう聞かれて、何のことかわからず「はい?」と首を傾げた。

「昨日、病院に行ったんでしょ」

そう付け足され、やっと合点《がてん》がいく。

話が長くなると思ったのか、来栖は面談ブースの端のテーブルに移動した。午前中は求職者の数も少なく、周囲にはほとんど人がいなかった。

「正式に味覚障害と診断されて、亜鉛と漢方薬とビタミン剤を処方してもらいました」

「家族には伝えたの?」

「いえ、まだです」

一之宮企画を休職して、退職して、やっと働き始めて半年余り。味覚障害のことを話したら、両親はどんな顔をするだろうか。

来栖は短く頷くと「社長には?」と聞いてきた。

「一応、伝えておこうかと思ってます」

「そう、ならいいよ。どのみち、味覚障害って、認可されてる治療薬はないみたいだしな。食事療法と、あとはストレスを溜めないで心身穏やかに生活しましょう、ってところか」

「来栖さん、詳しいんですね」

「調べたからね」

テーブルに頬杖をついて、溜め息混じりに来栖は言う。

「とりあえず、無理はしないように」

「はい、頑張ります」

「君の場合、頑張られても困るんだけどな」

口の端を歪《ゆが》めた彼の視線が、テーブルの端に置かれた卓上カレンダーに移る。赤く染まる野山の写真が入った十月のカレンダーは、ラスト三日を残して日付が斜線で消されている。

「もう十一月だ。毎年のことだけど、ここから年末までは本当に一瞬だ」

彼が何を言おうとしているのか察しがついて、千晴は短く頷いた。自分の試用期間は来年の三月で終わる。その後どうするか、そろそろ道筋をつけておく必要がある。

『別に、来栖が許さないとうちで働けないってわけじゃないんだし』

広沢が以前、そう言っていたことを思い出す。

「来栖さんは、転職エージェントの仕事の、どこが好きですか」

こんなありがちな質問すら、この人にしたことがなかった。来栖は小さく鼻を鳴らし愚問だとでも言いたげに肩を竦めた。

「俺は仕事を好き嫌いで見ていない。強《し》いて言うなら、この仕事は今の社会に必要なものだと思っている」

「この前、来栖さんがおっしゃったじゃないですか。シェパード・キャリアで半年間働いて何を学んだんだ、って。私は、転職エージェントの仕事は、ただ仕事を紹介するんじゃなくて、人の人生が変わる瞬間に立ち会える職業なんだと、そう学んだと思ってます」

言ってから、結局これは広沢の受け売りでしかないと気づいた。つくづく、自分は自分の言葉を持っていない。

「でも……」

眉間に皺を寄せた瞬間、ぽとんと口の端から落ちるように言葉が漏《も》れた。

「でも？」

「……人の人生が変わる瞬間に立ち会えるから転職エージェントを続けたいというのは、とてもおこがましい考え方のように思えて」

ふらふらと迷い箸をするような話し方になってしまった。もっとシャキッと話せと言われるかと思ったが、来栖は「そうだな」と両腕を組んだ。

「人の人生が変わる瞬間に立ち会う。俺達の仕事は確かにそうだ。でも、俺達がその人の人生を変えたんじゃない。その人が自分で変えたんだ。俺達はその横で、サポートしただけ。自分が誰かを助けたとか、誰かの生き方をよりよくしたなんて思っちゃいけない。そのうち『自分は他人の人生を変えるだけの影響力を持ってる』って自意識に溺《おぼ》れるぞ」

まるで千晴がそうなってしまうかのような口振りだった。聞こえのいい仕事観に踊らされ、気持ち悪い社畜に逆戻りすると。

不思議なもので、他の誰でもなく自分自身が、そう思う。

「そうですよね」

言葉にしたら、眉のあたりから力が抜けた。眉間の皺が、雪が解けたかのように消える。

「人の人生を変えるだけの力が自分にあるのかとか、そんなことを自分がしてしまっていいんだろうかとか、そんな風に思ってたんです。でも、そうじゃなくていいんですね」

変わるのは求職者。変えるのも求職者。私達は、その横でサポートする。口の中で呪文《じゅもん》のように繰り返してみた。

「不思議ですね。そう言う来栖さんの言葉には、人を変える力がある気がします」

「勘弁してくれ」

来栖は、奇妙なくらい苦々《にがにが》しげに答えた。苦虫《にがむし》を嚙み潰したようなとは、まさに今の彼の顔だった。

冷めているとか素っ気ないとは違った。自分の過去の一点を見つめて、悔《く》いているような呆れているような恥じているような、そんな顔を来栖はしていた。

「昔は、自分の仕事が、自分の行動が、決断が、一人の人生どころか、社会をよくするはずだと信じていた時期があった」

「それは」

事故に遭う前ですか。

千晴が聞くより早く、来栖は「そうだよ」と答えた。

「足を悪くしてよくわかった。一人の人間ができることなんて、一人の人間の仕事なんて、意外とたいしたことはない。どんな人間にだって代わりはいる」

剣崎は、来栖は事故のあとに異動になったと言っていた。異動先で、この人は何を見て、何を思ったのだろう。

「それでも、なんだよ。それでも人間は働くんだ。だから俺は、自分が担当する求職者に、その人が全力で考え抜いた最善の選択をしてほしいと思っている」

選択をさせるのでも、させたいのでもなく、してほしい、なのか。

ああ、そうか。この人は今、部下ではなく求職者としての千晴と面談をしている。

「はい」

大きく首を縦に振ったら、彼は目を丸くした。そのまま、ばつが悪そうに咳払《せきばら》いをして立ち上がる。

「昔の恋人と会うと、碌なことにならないな」

何だか嫌な予感がするよ。

照れ隠しなのか、はたまた予言なのか。そう呟きながら、彼はオフィスに戻っていった。

第五話

仕事に夢を見ないのはご自由です

三十歳／男性／リース会社 営業職 退職

未谷千晴

「これは……これは強敵だ……」

今日何度目かの呻《うめ》き声を上げて、千晴《ちはる》はデスクに突っ伏した。ちょうど昼休憩《きゅうけい》から戻ってきた広沢が、「どうしたの？」と千晴が手にしていた履歴書《りれきしょ》を摘《つ》まみ上げる。

「うわ、これは確かに強敵だ」

千晴の隣に腰掛けた広沢が、両手で丁重《ていちょう》に履歴書を返してきた。

「三十歳で三回目の転職でしょ？　会社によるだろうけど、結構嫌がられると思うよ？」

履歴書は、このあと面談に来る戸松卓郎《とまつたくろう》という男性のものだ。広沢の言う通り、三十歳にしてすでに自動車部品メーカー、建築資材メーカー、リース会社を渡り歩いている。二年勤めたリース会社も、先月退職してしまったらしい。大学卒業後、八年で三社は多い。転職回数が多い人間は、企業側はどうしても警戒する。難しい就職活動になる予感がした。

「とりあえず面談で転職が多い理由をしっかり聞き出して、短所をカバーできる長所を上手《うま》く引き出してあげる、かなあ？」

「来栖《くるす》さんにもそうアドバイスされました」

「あら、魔王に先を越されてたか」

広沢が来栖の席を流し目に見た。パソコンを睨《にら》みつけながら電話中の来栖の膝《ひざ》で、タピオカが喉《のど》を鳴らしていた。

戸松は一時ちょうどに来社した。ずっと営業職だった割に、「本日はよろしくお願いします」という第一声は沈んでいて、表情も拗《す》ねた子供のようだった。前の会社を退職してから伸ばしっぱなしなのだろうか、前髪が随分《ずいぶん》と長く、耳も髪で隠れてしまっていた。面談にはスーツやオフィスカジュアルで臨む求職者が多いのに、くたびれたダウンコートの下から現れたのは色褪《あ》せたパーカーとチノパンだった。

「難しいですよね」

面談ブースに案内し、千晴が名刺を渡した直後、戸松はポイ捨てでもするみたいにそう言った。視線は、千晴の持つ履歴書に向いている。

「前の転職のときも、『二十代なのにもう二回も転職してるんですね』って嫌味《いやみ》言われたんで。一つの会社に長居《ながい》できないと、『人間的に問題がある』って思われるんでしょうね」

「でも、転職の理由は人それぞれですし、前職の環境がどうだったかによっても受け取り方は変わってきます。戸松さんを必要とする企業は必ずありますよ」

慎重《しんちょう》に言葉を選んだ。戸松はどう見ても転職に明るい未来を描いていない。全身に「どうせ俺なんか」と書き殴《なぐ》ってある。下手《へた》なことを言ったら転職活動をやめてしまうかもしれない。

「前の会社を先月退職されたそうですが、退職の理由は何だったんでしょうか？」

「上司と上手くいかなかったんです。前の会社だけじゃなくて、その前も、新卒で入った会社も、全部そうです」

戸松は千晴の目を見て話さない。言うことだけ言って、すっと視線を床に落としてしまう。戸松の経歴《けいれき》では、企業も必ず面接で転職の多い理由を聞いてくるだろう。この調子で答えてしまったら、内定なんて出るわけがない。

「上手くいかないというのは、具体的にどういうことがあったんですか？」

「前の会社、かなり激務で、特に営業部は月の残業時間がみんな上限規制ギリギリみたいなところだったんですよ。それがある日突然、人員は増やさないし月のノルマも変えないけど、残業時間は半分にしろ、なんて言われて」

どうせ、労基（労働基準監督署）あたりからお達しがあったんだろうけど。ぼそりとそう呟《つぶや》いて、戸松は千晴が淹《い》れたコーヒーを啜《すす》った。

「そんなの、無理じゃないですか。それで何が起こったかというと、社員がタイムカードを誤《ご》魔化《まか》して、こっそり残業するようになったんです。それで新人が一人、心を病《や》んでしまったというか……」

眉間《みけん》にぎゅっと皺《しわ》を寄せ、戸松が言葉を切った。「それで会社と揉《も》めて辞めました」と、無理矢理話を切り上げてしまった。

「戸松さんは、労働環境を改善しようと会社側に働きかけたということですか？」

「以前からいろいろあって、お偉いさんからも『会社に盾突《たてつ》く奴』って認識されてたんで。会議室に呼び出されて怒鳴り散らされて、それでキレてサクッと辞めて労基に駆け込みました。

今まで働いてた会社、全部そんな感じで辞めてます」

こんな俺をあんたは就職させられるのか。戸松はそんな顔をしていた。「なんとか転職させてください」という懇願《こんがん》ではない。「本当は転職したくないんだけど」というあやふやな態度でもない。

生きていくために仕事をしたいのだけど、無理ならこのまま野垂《のた》れ死《じ》んだって構わない――人生に匙《さじ》を投げてしまったかのようだった。

短所をカバーできる長所を上手く引き出せと、広沢は言った。戸松の面談を千晴に任せると言った来栖も、似たようなことを言った。

――短所と長所は紙一重《かみひとえ》だから、ひっくり返すと大逆転、なんてことも多い、と。

戸松の履歴書に並ぶ「一身上の都合《つごう》により退社」という一文を凝視《ぎようし》して、来栖の言葉を頭の中で反芻《はんすう》する。ひっくり返すとしたらこうするしかないよなあ、とコーヒーを口に含んだ。

苦味《にがみ》も酸味《さんみ》も感じないが、コーヒーの香りが体に活を入れてくれた。

「転職回数が多いのは一見するとマイナスですが、その理由が労働環境を改善しようと会社側に働きかけた結果ということなら、選考での見え方が変わってくると思います」

おかしいことを「おかしい」と言える。駄目《だめ》なことを「駄目だ」と言える。会社と対話し、改善しようという意志が（恐らく）ある。より良い働き方を追求することは、ひいては会社の業績アップにも繋《つな》がるから、理解してくれる企業だってあるはずだ。

……と、なんとか前向きなアイデアを提示してみたが、戸松の表情は晴れなかった。

「正義感があって、職場の課題解決のために積極的に動ける、とかですか？　前の会社に入るときに使ったエージェントの人も、同じことを言ってましたよ。今の会社の人事も、『積極的に意見を言える人間は大歓迎だ』なんて言って俺を採用しました。でも、結果はこれです。口では何と言おうと、会社がほしいのは上の命令に文句を言わず従順に働く社畜なんですよ」

吐《は》き捨てるような言い方に、千晴は唇を引き結んだ。この人は端《はな》から千晴を、転職エージェントを、そして自分が働くかもしれない会社すら、信用していないのだ。

「従順な社畜がいればそれでいいと思う会社もあるでしょうし、そうでない会社もあります。私自身、転職をしてみて会社の数だけいろいろな考え方があると学んだので」

「あー……未谷《ひつじたに》さん、も転職したんですか？」

千晴の名刺を確認して、戸松が聞いてくる。やっとこの人ときちんとコミュニケーションが取れた気がした。

「シェパード・キャリアの前は広告業界にいまして、なかなかの社畜だったと思います」

なかなかの社畜といいように言ったが、来栖に言わせれば「気持ち悪い社畜」だ。

「戸松さんの転職の多さは、確かに選考ではネックになると思います。ただ、決して身勝手にトラブルを起こして転職を繰り返しているわけではないと、私からも求人企業にフォローしますし、面接でも包み隠さず本当のことをお話しすれば、活路はあると思います」

「包み隠さず本当のこと、ですか」

胡散臭《うさんくさ》そうにこちらを見る戸松に、力いっぱい頷《うなず》く。

「下手な言い訳を述べたり、採用されたくて従順なふりをするより、開き直って、きちんと社員と対話をしてくれる企業を選びましょう。遠回りになるかもしれませんが、戸松さんにとってはその方がいいと思います」

もっと力強く断定できたら、戸松は安心するだろうか。そんな言葉を使ったら戸松の心はますます離れていくような予感もした。

「まあ、どっちでもいいです。仕事がなきゃ生活できないし、正直、俺、仕事に変な夢とか持ってないんで」

結局、戸松の投げやりな口調《くちょう》は変わらなかった。千晴から希望に合う求人票をメールで紹介すると伝えても、笑顔すら見せない。

「よろしくお願いします」と口先で弄《もてあそ》ぶように言って、彼はシェパード・キャリアを後にした。彼が抱えたくたびれたダウンコートに、そうか、もう十二月なんだ、とぼんやり思った。

戸松に内定は出るだろうか。三月までに……千晴が見習い社員としてシェパード・キャリアにいるうちに、彼は次の職場を見つけられるだろうか。

「下手したら春までかかるかもな」

千晴の心を読んだような声が背後から飛んできて、「ひえ！」と声に出してしまった。来栖がコートを抱えて、エントランスの受付台に頬杖《ほおづえ》をついていた。

「私もそう思います……」

味覚障害であることがばれて以降、彼は再び千晴とコンビを組む形で業務のサポートをするようになった。戸松の履歴書にも目を通しているはずだ。

「その様子だと、面談も今ひとつだったんだろうな」

「転職の多さをポジティブな要素として選考でアピールしましょうと話したんですけど、前向きには受け止めてない感じでしたね」

「転職の多い求職者はどうしても不利になるからな。せめて本人が愛想《あいそ》がよかったり人当たりがいい性格をしていたら、まだ採用される可能性もあるんだが」

「残念ながら、正反対の性格だと思います」

「後ろ姿だけでそうだろうなってわかったよ」

コートを羽織《はお》った来栖が、エレベーターのボタンを押す。

「お昼は？」

「……ご一緒して、戸松さんのことを相談してもいいですか？」

どうぞ、と来栖が返事をする。千晴はコートを取りに走った。


「私が味がわからないのをいいことに、来栖さん、私を新規開拓のお供にしてませんか？」

ランチタイムぎりぎりに入ったのは、会社の近くに最近できたカフェだった。もちろん、来栖がレビューサイトもSNSも確認せずに勘《かん》で選んだ。白壁で明るい雰囲気《ふんいき》で、若い女性に受けそうなお洒落《しゃれ》な内装だった。しかし、昼時を外《はず》したとはいえ、店内は閑散《かんさん》としている。

「そんなことはない。君以外は俺と食事に行きたがらないだけだ」

ランチメニューにでかでかと写真が出ていたビーフハンバーグを頼んだものの、一口食べておかしいと思った。味こそわからないが、肉汁をごっそりどこかに落としてしまったような、パサついた食感だったから。

「来栖さん、なんでちょっと嬉《うれ》しそうなんですか」

千晴と同じハンバーグを口にした来栖は、苦笑《にがわら》いをこぼしつつも嬉しそうに見えた。

「気持ちいいくらいにイマイチな味だから」

この人は、自分の勘が外れるのをどことなく気持ちがいいと感じている気がする。仕事において、彼の勘は恐ろしいほど当たる。もしかしたらこういうところで、自分の感覚のバランスを取っているのかもしれない。

「戸松卓郎の件だけど、面談した未谷さんから見て、どういう人に映った？」

千晴の抗議の視線をさらりと躱《かわ》し、来栖は素知《そし》らぬ顔で仕事の話を始める。

「『仕事に変な夢とか持ってない』とおっしゃってました。仕事をしないと生活できないから仕方なくうちに来た、って感じです」

戸松の転職が多い理由を話すと、ナイフとフォークを動かしながら来栖は「なるほど」と小さく頷いた。

「行く先々で上司と衝突して、転職を繰り返すうちにやさぐれていったわけか」

どうせ自分は組織の中では仕事ができない。どうせ自分はトラブルメーカー。どうせ、どうせ……と諦《あきら》めが積み重なった末の、あの態度なのだろうか。

「となると、転職先の希望もないんだろ。雇《やと》ってくれるならどこでもいいって」

「その通りです……」

ずっと営業職だったから営業でもいいし、それ以外でもいい。何だっていい。千晴が「こういう職種はどうですか？」といくら提案しても、戸松の答えは一緒だった。

「私が初めて担当した宇佐美由夏《うさみゆか》さんとはまた違う感じなんです。宇佐美さんは行きたい会社の希望はあったけど、それに気づいていないだけでした。戸松さんには、そもそも希望がないんです。会社がほしいのは従順な社畜だ、とか言ってたし」

「人生を投げ捨てたまま、ずるずると歳だけ食っていくタイプだな。年齢が上がれば上がるほど、取り返しがつかなくなる」

千晴より年上とはいえまだ三十歳なのに、すでに人生を半分諦めてしまっている。何を言っても、あの匙を投げたような顔で「どっちでもいいです」と言われるだけな気がした。

そんな戸松に、自分は何ができるのだろう。パサついたハンバーグを咀嚼《そしゃく》しながら、来栖の顔を盗み見た。付け合わせのニンジンを口に運び「硬《かた》い」と低い声でこぼした彼は、それ以上、戸松には言及しなかった。

でも、彼はきっと、戸松にかける言葉を持っているはずだ。「来栖さんなら何て言いますか？」と咄嗟《とっさ》に聞きたくなって、ハンバーグと一緒に飲み込んだ。

戸松にかける言葉を見つけられたら、シェパード・キャリアでCAとしてやっていけるかもしれない、なんて考えて、戸松の求職活動を自分の選択の試金石にするなと、慌《あわ》てて掻《か》き消した。

「もう少し、考えてみます」

「戸松卓郎への対応の仕方を？　それとも四ヶ月後の自分のことを？」

来栖が、いつも通り意地悪くにやりと笑う。千晴の教育係でなく、担当CAの――転職の魔王様の顔になる。自分のキャリアを肯定的《こうていてき》に捉《とら》えていない点で戸松と千晴は似ている、とでも言いたげな笑みだ。

一口にはちょっと大きいハンバーグの最後の一切れを口に放り込み、千晴は頷いた。

「両方、です」

戸松卓郎

ＡＴＭで金を下ろしてコンビニを出ると、先月辞めた会社の後輩からメッセージが届いていた。「ご無沙汰《ぶさた》しております」から始まる丁寧《ていねい》な文章だった。

内容は卓郎の予想通りだった。先日、会社に労働基準監督署の調査が入り、違法残業と残業代の未払いの是正勧告《ぜせいかんこく》がなされた。短期間に二度も労基が入り、さすがの会社も大人《おとな》しく従うことになったようだ。

〈こういう言い方は失礼かもしれませんが、戸松さんのおかげで、少しはマシな会社になると思います〉

そんな文面を、卓郎は鼻で笑った。サービス残業を減らそう、残業時間を減らしたいなら人員を補塡《ほてん》してくれ、もっと柔軟《じゅうなん》な働き方はできないのか——そうやってことあるごとに会社に盾突いていたトラブルメーカーが去り、そいつが労基に駆け込んで、労働環境が改善される。確かに俺のおかげだよなあ、と。

卓郎の二十代は、ほとんどそれの繰り返しだった。

何度も感謝の言葉を述べる後輩に「そりゃあどうも」と返事を打つ。後輩はすぐに返信してきた。自宅アパートに着く頃にはやり取りは終わったが、玄関の戸を開けた瞬間に「はあ?」と声を上げてしまった。

「はあ、じゃないよ」

1Kアパートの狭いキッチンには、栃木に暮らす母の姿があった。近所のスーパーの大きなレジ袋から、大量の食材を冷蔵庫に詰め込んでいる。

「……いや、何しに来たの」

「馬鹿息子がまーた会社を辞めたって言うから、様子を見に来たの」

卓郎の実家は宇都宮《うつのみや》にある。大学入学と同時に東京に出たのだが、母はことあるごとに連絡もなく卓郎の部屋に来る。特に、卓郎が会社を辞めると必ず押しかけ、説教をして帰るのだ。

「もう探してるよ、次の仕事」

母を押しのけるようにしてキッチンを通過し、テレビの前の座椅子にどかりと腰を下ろす。母はまるで自分の家のように冷蔵庫の整理まで始めた。

「次の仕事って、当てはあるの？　当ては」

「転職エージェントに適当に探してもらってるよ」

テレビを点《つ》ける。別に見たくもないが、土曜の午後に毎週やっているドキュメンタリー番組にチャンネルを合わせておく。

「卓郎、前に会社辞めたときもそんなこと言ってなかったー？　適当な会社に就職するから、すぐ辞める羽目《はめ》になーるーの」

がちゃがちゃと音を立てて、母は台所でなにやら作業を始めた。スーパーで買ってきたエノキの石づきを包丁で切り落とし、しめじとエリンギを刻み、ニンジンをピーラーでスライスして、鮭《さけ》と鶏もも肉と牛肉の下処理をする。狭いキッチンは食材で溢《あふ》れ、冷蔵庫や洗濯機の上まで侵食《しんしょく》し始めた。その都度《つど》「あー狭い、狭い」と文句を言う。

「冷蔵庫、ビールしか入ってなかったけど、あんたちゃんとご飯食べてるの？　三十にもなって、仕事はすぐ辞めるし自堕落《じだらく》な生活してるし、お母さん、心配を通り越して呆《あき》れちゃう」

——真奈美《まなみ》ちゃんがいればねえ。

母の言葉尻には、そんな本音《ほんね》が滲《にじ》んでいた。真奈美ちゃんがいれば今頃結婚して、息子はもう少しマシな三十歳になっていただろうに……なんて、フライパンでキノコ類を炒《いた》めながら思っているに違いない。

母は夕方までに、キノコのナムルと、ニンジンしりしりと、鮭と玉ねぎのマリネと、鶏ハムと、牛肉のしぐれ煮を作った。「保存が利《き》くもの適当に作っておいたから」と母は言ったが、どれも卓郎が実家にいた頃によく食卓に並んでいたメニューだ。

でも、ニンジンしりしりだけは違う。あれは真奈美がよく作っていたものを、彼女が母に教えたのだ。

ご飯を炊《た》いて、母の作った味噌汁《みそしる》と料理で夕飯にした。母は当たり前に風呂に入り、卓郎のジャージを着て、コタツに横になった。恐らく明日の昼頃に家を出て、父に土産《みやげ》を買って宇都宮に帰る。母の家庭訪問は、いつもそういうスケジュールだ。

零時過ぎに母がコタツでいびきをかき始めたから、テレビと電気を消して、卓郎もベッドに寝転んだ。スマホでしばらく動画を見たり漫画を読んだりしていたが、だんだん飽《あ》きてくる。

シェパード・キャリアから昨日送られてきた求人に、ぼんやりと目を通した。

営業職で募集している企業が十数社ある。家から電車で通勤できるところばかりだ。面談のとき、口では「どこでもいいです」と言ったが、面接のたびに遠出するのは億劫《おっくう》だし、下手したら数ヶ月で辞めるかもしれないのに引っ越しをするのも嫌だ。あの大人しそうなCA、一応そのへんは汲《く》んでくれたのか、と感心する。

未谷からのメールには、書類選考の段階でシェパード・キャリアから卓郎の転職回数についてはしっかりフォローしておく、と書いてあった。

転職エージェントの言うことは、話半分に聞いておいた方がいい。前回転職したとき、つくづくそう思った。あのときは大手の転職エージェントを利用したが、卓郎の転職回数とその理由を確認したCAは、明らかに嫌な顔をした。貼りつけたような笑顔の下で「どうしようもないな、こいつ」と思ったのが、鮮明《せんめい》に伝わってきた。

最初の一、二社こそ丁寧にサポートしてくれたが、なかなか内定が出ないと途端《とたん》に電話やメールの回数が減った。事務的に送られてくる求人の中から適当に選んだ会社が、先月まで勤めていたリース会社だ。

自動車部品メーカー、建築資材メーカー、リース会社。これまで三社に勤めたが、どこもブラック企業というやつだった。違法残業、残業代の未払い、明らかに無理のあるノルマ、パワハラ、どれもあった。もはや、会社とは、働くとは、こういった理不尽《りふじん》と上手く付き合うことなのではないかと思ってしまうほどだった。

でも、どうしてもできなかった。

新人を突然現場に放り込んで訳もわからないまま消耗させ潰《つぶ》してしまうのも、親を亡くして憔悴《しょうすい》した社員を葬式の翌日から会社に引っ張り出すのも、妊娠した社員に「産休なんて迷惑なだけだ」と嫌味を言うのも、社員が産休に入っても人員を補填せず他の社員に皺寄せが行くのも、怒鳴れば周りが言うことを聞くと思っている管理職を野放しにしているのも——無視することができなかった。

自分がその渦中《かちゅう》にいないからとか、火の粉は飛んでこないからとか、そんなことはどうでもよかった。「戸松さんは直接の被害はないんだから大人しくしておいた方が……」と助言されても、無理だった。

不思議なもので、声を上げると誰もが卓郎に感謝する。加勢《かせい》はしないが、後でこっそり「俺も同じように思ってたよ」と言ってくる。卓郎が、上司や、もっと上の経営陣に食ってかかるのを、誰もが遠くから眺めている。

それを恨《うら》んだことなどない。俺は反抗したいから反抗しているだけで、仲間がほしいわけではない。俺が会社を辞めて労基に駆け込んだ後に、感謝の言葉など送ってくれなくていい。人を勝手に「みんなのために闘って散った英雄」にしないでほしい。

同じ体勢でスマホを眺めていたら首が痛くなってきた。布団《ふとん》の中で軽く伸びをして、ベッドを降りる。コタツで寝る母を跨《また》いでキッチンに移動し、水を飲んだ。

「冷蔵庫」

寝ていると思った母が突然、擦《かす》れた声を上げる。

「金柑《きんかん》の甘露煮《かんろに》、入ってる」

そうとだけ言って、母は寝返りを打った。数秒後、またいびきが聞こえてくる。

冷蔵庫を開けると、夕飯で食べた料理の他に、鮮《あざ》やかな橙《だいだい》色《いろ》の実がぎっしり詰まったタッパーがあった。これも、実家にいたときよく食べた。

タッパーを開け、金柑を指で摘まんで口に放り込んだ。ほのかに苦《にが》く、酸《す》っぱく、甘い。懐《なつ》かしい味だ。母はどうして、卓郎が小腹が空《す》いているとわかったのだろう。

再び母を跨いでベッドに戻り、スマホを手にする。とりあえず、未谷が送ってきた求人の一番上にある会社に応募することに決めた。業種を確認しただけで、詳細は見なかった。いい会社だったら御《おん》の字。ブラック企業だったら、俺はまた抗《あらが》うのだろう。

真奈美は、こんな俺を馬鹿だと言うだろうか。

◇　◇　◇

「随分とブラックなところにお勤めだったようで」

面接官の男が、苦笑いをこぼす。四十代前半といったところか。彼は予想通り卓郎の転職回数の多さについて聞いてきた。

「私の運が悪いのかどうなのか、確かにそういう会社が多かった印象です」

運が悪かったのだろうか。もっといい環境の職場なんてたくさんあるけれど、自分程度の人間はそこで働く資格などない、ということなのだろうか。

「その中で、職場環境をよくしようと積極的に動かれていた、と。正義感が強いんですね」

未谷がそうフォローしたのだろうか。無性《むしょう》にむかっ腹が立ってしまう。自分の経歴を少しでもよく見せるには、そうするしかないとわかっているのに。

「正義感が強いわけじゃないです。他の人間が当たり障《さわ》りなく見逃《みのが》そうとすることを、いちいち目くじらを立てて怒っているだけです」

法律を馬鹿正直に守っていたら会社が立ちいかないよ。どこの会社だって同じ様なことをやってるんだから。そんな風に卓郎を説き伏せようとした人間はたくさんいた。

「前の会社も、面接の段階では『会社をよくするために積極的に意見を述べ、動ける人間は大歓迎だ』と言われましたが、入社してみれば私はただ会社に盾突くトラブルメーカーでした」

面接官の表情がわずかに変化した。テンションが一段階下がったというか、「せっかくこっちがいいように捉えてるんだから、そういう言い方しなければいいのに」と落胆《らくたん》したのだろう。

未谷曰《いわ》く、働きやすく風通しのいい会社だと聞いている。転職エージェントの情報と実態がどこまでリンクしているか保証はできないが、前の会社よりはマシな環境かもしれない。

なのに、どうして俺は失敗する方に突き進んでいるのだろう。どうして「御社《おんしゃ》では必ず上手くやります。役に立ちます」と笑顔で言えないのだろう。

面接は、一見すると和《なご》やかな雰囲気で終わった。「結果はシェパード・キャリアさんを通してお伝えします」と部屋から送り出されたが、会社を出る頃には「落ちただろうな」という予感が卓郎を支配していた。

電車を乗り継いで自宅の最寄り駅まで来たとき、シェパード・キャリアから電話が来た。未谷からだった。要件は、ぼんやりと想像ついた。

「本日の面接の件なんですが……」

言いづらそうに切り出した未谷に、「不採用ですね」と切り込む。小さな唸り声が電話の向こうから聞こえた。

「ああ……はい……」

面接が終わって、まだ一時間もたっていない。卓郎を送り出してからすぐにシェパード・キャリアに不採用の連絡を入れたのだろう。

シェパード・キャリアを通して求職活動を始めて、これで二件目だ。

「戸松さん、このあたりで一度、作戦を立て直した方がいいと思います。今週、来週あたりでお時間いただけませんか？」

一件目の会社から不採用の連絡があったとき、電話でその理由を伝えられた。言動があまりに後ろ向きだったとか、自分を卑下《ひげ》する態度がいけなかったとか。「次はもっとポジティブに頑張ります」と答えたが、今日の面接も結局、似たようなことしか言えなかった。

「俺は今からでもいいですけど」

未谷はすぐにスケジュールを確認し、一時間後にシェパード・キャリアで面談できるよう調整してくれた。

「じゃあ、これから行きます」

電話を切って、反対側のホームに渡って電車に乗った。

窓ガラスに、スーツの上からコートを羽織った自分がぼんやり映り込む。一ヶ月前まではスーツを着て仕事をするのが当たり前だったのに、あっという間にちぐはぐな印象になってしまった。一つの会社に長居することができず、キャリアがぶつ切りになってしまう人間は、だんだん《仕事をする自分》そのものからもずれていってしまうのか。

今日だって、面接官は終始笑顔で丁寧に接してくれた。好意的だった。それを、服についた埃《ほこり》を払うように扱ったのは自分だ。社会と繋がれない自分へ、適応《てきおう》できない自分へ……悪い方へ悪い方へ、突き進んでいく。

「自己肯定感の低さとネガティブな言動が、先方は気になったそうです」

面談ブースに通され、未谷はすぐにそう切り出した。

「そんな予感はしてました」

恐らく、未谷にはもっと明《あ》け透《す》けな不採用理由が届いているだろう。次の面接に活《い》かすため、もしくは、同じ会社の選考を受ける他の求職者のために、情報収集しているはずだ。

「前回と今回の面接結果を鑑《かんが》みて、私なりに考えたんですが、戸松さんはもう少し、自分のこれまでのキャリアを前向きに捉えてみるべきだと思います」

「前向きに、ですか」

「人間の長所と短所は紙一重です。戸松さん自身には短所に見えることも、見方を変えれば絶対に長所になりますし、そこを評価する企業は必ずあります」

この人は、初めて面接をしたときもそんなことを言っていた。未谷は見るからに育ちがよさそうな顔をしている。きっといい大学を出て、新卒で大企業に入社したに違いない。シェパード・キャリアの給料がどれだけいいかわからないけれど、少なくとも卓郎よりは《いい社会人》をやっている。

「他者から見たらそうかもしれないですけど、俺は、俺の短所を長所にできるなんてこれっぽっちも思えないです」

口を開けたまま、未谷は「それは……」と言葉を切った。というより、言葉が口の中で溶《と》けてなくなってしまったみたいだった。

その顔にふと、真奈美を思い出してしまう。未谷と顔が似ているわけではないけれど、彼女も卓郎に何かきついことを言うとき、こうやって口を開けたまま迷ってみせた。でも、最後には必ず言うのだ。きちんと言うのだ。

「それは、戸松さんが自分のキャリアを頑《かたく》なに《悪いもの》として捉えてるからだと思います。面接でもネガティブな発言をしたり、こうして面談していても投げやりな態度だったりして、自分の人生をわざとよくない方に進めていこうとしてるみたいです」

「そうですね。確かに、俺の二十代、ずっとそんなだった気がしますよ」

真奈美のことを思い出してしまったからだろうか。かつて勤めた会社のこと、何を理由に反抗して、どういう目に遭《あ》ったかが、走馬灯のように思い出される。どいつもこいつも理不尽を無理矢理呑《の》み込んで、従順であることが立派な社会人の証《あかし》であるかのような振る舞いをしていた。社畜とはよく言ったもんだ。本当に、あんなのは家畜そのものだ。

俺はそんなものにはならないし、社畜を使い捨てにしてなんとも思わない会社も、社畜であることに疑問すら抱かない社畜そのものにも、全部抗ってやる。そう決めた。

「戸松さん？」

黙り込んだ卓郎の顔を、未谷が覗《のぞ》き込んでくる。反射的に卓郎は椅子から腰を浮かせた。

「次はもう少しポジティブな受け答えを心掛けます。次の応募先についてはメールでご連絡いただければいいんで」

鞄《かばん》とコートを抱え、未谷に一礼する。「いや、でも」と立ち上がった彼女を振りきるように、エントランスへ急いだ。ぴかぴかのガラス戸を開けると、エレベーターホールは寒かった。

「戸松さん、もう少しお話しさせてくださいっ」

未谷がエントランスから飛び出してくるのと同時に、エレベーターの扉が開く。

中から、杖をついた男が一人、ゆっくりと姿を現した。

彼の顔を見て、卓郎は喉の奥で悲鳴を上げた。

「……どうして」

杖の男が卓郎を見る。にこやかに笑ってエレベーターへ卓郎を誘《いざな》おうとして、はたと動きを止めた。

どうやら、彼は卓郎の顔をよく覚えていないらしい。卓郎も、はっきりと記憶しているわけではない。だが、対面したらどうしようもなく、蘇《よみがえ》る。

「どうして……あんたがここにいるんだ」

俺は、彼に会ったことがある。六年前、まだ新卒で入社した自動車部品メーカーに勤めていた頃。会社に盾突く融通《ゆうずう》の利かないトラブルメーカーではなかった頃。

取り澄《す》ましたような整った顔は、当時と何も変わらない。来栖、そうだ、こいつの名は来栖嵐《あらし》といった。

「ああ」

来栖の目が、すーっと大きくなる。どうやら、俺のことを思い出してくださったらしい。妙に平坦《へいたん》な声色《こわいろ》で、彼は真奈美の名前を口にした。

「――安永《やすなが》真奈美さんの、ご葬儀以来ですね」

未谷千晴

「あの、来栖さん！」

オフィスを出て行く来栖を追いかけ、エレベーターに飛び乗った。千晴が待ってると気づいていただろうに、素知らぬふりで帰宅しようとした彼を睨みつける。

「なんで帰るんですか」

手に抱えていたコートを羽織り、慌てて荷物を詰め込んだ鞄を覗き込む。スケジュール帳が開いて何ページかぐしゃぐしゃになってしまっていた。

「杖をついた俺になんて、すぐに追いつくかと思って」

エレベーターが一階に到着する。杖を鳴らしながら先を行く来栖の背中を、千晴は睨みつけた。今のは皮肉なのだろうか、それとも牽制《けんせい》なのか。

「戸松さんと、面識があったんですね」

結局、戸松とあれ以上話をすることはできなかった。彼はエレベーターホールで来栖と鉢合《はちあ》わせすると、逃げるように帰ってしまった。呼び止めることすらできなかった。

「先に言っておくけど、面識があると気づいていて、未谷さんに面談を任せたわけじゃないからね」

「剣崎莉子《けんざきりこ》さんのときみたいにですか？」

「それは嫌味のつもり？」

そのつもりだったのだが、千晴を振り返った来栖は痛くも痒《かゆ》くもないという顔で笑っていた。

「顔を合わせてもしばらく思い出せなかったよ。人の顔を覚えるのは得意なはずなんだけど」

「戸松さんと会ったのは、どなたかのお葬式だったんですか？」

今日は十二月一番の冷え込みだと天気予報が言っていた。そのせいか、来栖の杖の音がいつもより冷ややかに、どこか寂しそうに聞こえてしまう。

「もしかして、その方が亡くなったのは来栖さんの事故と関係があるんですか？」

聞かない方がいいとわかっていたのに、考えるより先に口が動いていた。剣崎莉子に「来栖嵐のことが聞きたいって、顔に書いてありますよ」と言われたことが、脳裏をよぎった。

来栖の杖が、歩道の溝《みぞ》に引っかかったように擦《かす》れた音を立てて止まる。千晴を一瞥《いちべつ》し、問いかけてくる。

「剣崎莉子にどこまで聞いたんだ」

「……事故の相手が亡くなったことは、聞いてません」

二十六歳のとき、まだ来栖が商社勤めだった頃、出勤途中に交通事故に遭った。相手は居眠り運転で、横断歩道で五人を撥《は》ねた。来栖は重症を負い、彼の足は不自由になった。事故の相手について、剣崎は話さなかった。

「相手は居眠り運転で交差点に突っ込んできたけど、寸前のところで人を避《よ》けようとしてた。ハンドルを大きく右に切って、交差点の横の電柱に衝突して、亡くなった。俺を避けなければ、向こうは助かったかもな」

　来栖が再び歩き出す。杖の音は相変わらずだった。

「事故の相手の名前は安永真奈美といって、二十四歳だった。勤め先の自動車部品メーカーはサービス残業が酷《ひど》くて、彼女も事故当時、月の残業が百時間をオーバーしてた。過労死《かろうし》ラインを余裕で超えてたな」

「……ということは、居眠り運転は過労が原因だったんですよね」

　過労による居眠り運転で事故死。それに、運悪く来栖は巻き込まれた。来栖は足が不自由になり、相手は亡くなった。剣崎がこのことを話さなかった理由が、よくわかった。

「戸松卓郎と会ったのは、安永真奈美の葬式だ。どうやら、彼女と同じ職場、それも同じ部署《ぶしょ》の同期だったらしい。松葉杖《まつばづえ》をついて参列した被害者を嫌味臭いと思ったのか、そういえば食ってかかられたな」

「お葬式で、口論になったんですか」

「俺は何もしてないからな」

　葬儀場で鉢合わせしてしまった二人の姿を想像する。会ってからそう時間のたっていない戸松の顔はすっと浮かんだのに、来栖がどんな顔をしていたのか、どうしてもわからなかった。

「来栖さんは、どうしてお葬式に行ったんですか」

「相手と、事故の瞬間に目が合った。必死に避けようとしてくれたのがわかった。その顔ばかりが脳裏に焼きついてなあ」

その事故のせいで、貴方《あなた》の足は不自由になったのに。

「……それだけですか？」

「言っただろ。過労だったんだよ、相手。酷い職場で必死に働いてたんだろうなと思う」

君みたいにね、とでも言いたげに、来栖がこちらを見た。ずるい。そんなことをされたら、何も言い返せないじゃないか。

「俺を避けなければ、向こうは助かったかもなあ、ってよく思った。事故の相手が生きてたら、怒ったり恨んだりもできたんだろうが、死んじゃったんだから、こっちは命があって幸運だったと思うしかないし、向こうの関係者が理不尽に俺を恨むのも理解できる」

「いや、普通はできないですよ」

幸運だったと思うことも、相手を恨まないことも。ましてや、理不尽な恨みを受け入れることも。普通はできない。

この人はそのとき、普通ではいられなかったのだろうか。

「その後、事故の原因が過労による居眠り運転だったこともあって、彼女の遺族とはすぐ和解したよ。向こうは、会社側と裁判を起こした。その裁判も意外と早く決着がついて、会社側が安全配慮義務違反を認めて和解したらしい」

寒々としたオフィス街を抜け、新宿駅が近づいてきた。飲食店や家電量販店のクリスマスイルミネーションで、周囲が徐々に華やかになっていく。賑《にぎ》やかな声が聞こえてくる。その中でも、来栖の杖の音ははっきりと響いた。

続きを促《うなが》してなんていないのに、来栖は話すのをやめなかった。

「過労死防止法には事故死の規定がないとかで、会社側は争う姿勢だったらしい。ところが、違法残業やらパワハラやらの内部告発があって、それが和解の後押しになったと聞いた」

「それって……」

言いかけて、来栖が続きを言ってくれるものだと思っていることに気づいた。ところが、来栖は何も言わない。通行人の増えた歩道を、歩きづらそうに進んで行く。千晴は大きく一歩前に出て、彼の隣に並んだ。自然と、すれ違う人が避けてくれるようになる。

「内部告発をしたのは、戸松さんのような気がします」

「彼の担当CAである末谷さんが言うなら、そうなんじゃないかな。彼、安永真奈美の恋人だったみたいだから」

ああ、なるほど。すべて合点《がてん》がいった。彼があんなに頑ななのも、理不尽が許せないのも、きっと、すべて、安永真奈美に繋がっている。

安っぽい言葉でしか表現できない自分が心底嫌になるけれど……彼は、恋人に対する罪滅《つみほろ》ぼしをしながら、生きているのだ。

「戸松さんは、このままだと転職を何回しても同じことを繰り返すと思います。でも、来栖さんの言葉なら、戸松さんも聞き入れるんじゃないでしょうか」

「俺は逆だと思うぞ」

赤信号で立ち止まる。道路を渡れば新宿駅だ。来栖とは使う路線が違うから、改札前で別れることになる。急がないと、もうこんな話はできないかもしれない。

「向こうは、俺が生きていることも、元気に転職エージェントでCAをやってることも、何もかも気に入らないだろう。そんな人間が偉そうに何かを説いたって、聞き入れるわけがない」

魔王が、白旗を揚《かか》げるなんて。唇を引き結んで、千晴は歩行者用信号を睨みつけた。信号が青に変わり、周囲の人から一歩遅れて、来栖が歩き出した。彼の歩調に合わせ、ゆっくりと横断歩道を渡る。

「転職の魔王様が匙を投げたら、どうしようもないじゃないですか」

「戸松卓郎の担当は君だろ?」

「来栖さんは私の教育係で、担当CAじゃないですか」

来栖が黙り込む。その沈黙に、彼には本当に手札《てふだ》がないのだと悟った。求職者を(時には千晴や他のシェパード・キャリアの社員も)掌《てのひら》で踊らせるこの男が、何も言い返せないなんて。嫌っているはずの「転職の魔王様」という二つ名に、何の反応も示さないなんて。

「……すみません」

彼を追い込んでしまったことに、たまらなく罪悪感を覚えた。「なんでいきなり謝《あやま》るの」と振り返った来栖が、千晴の顔を見て肩を竦《すく》めた。

「待て、どうして君がしんどくなってるんだよ」

しんどい？　私は今、しんどいのだろうか。

「嫌味な上司の不運な過去を聞いて、ついでに『俺には対応できません』と降参するのを拝んだだけだろ」

自嘲《じちよう》気味《ぎみ》に笑った来栖に、千晴は全く別のことを考えてしまう。

彼は事故で足が不自由になった後に、安永真奈美のことを弁護士から聞かされたのだろうか。それとも、自ら調べたのだろうか。事故の相手のこと、会社のこと、裁判のこと。どんな気持ちだったのだろう。今日、戸松と再会して、どう思ったのだろう。

「それじゃあ、気をつけて」

来栖が真っ直ぐ地下鉄の入り口へ向かう。人が行き交《か》う階段の端《はし》を、他の人間よりややゆったりとした歩調で、降りていく。「お疲れ様でした」を言いそびれてしまった。

翌日、戸松に次の応募先についてメールをしたが、数日たっても返事がなかった。電話もしたが、留守電に繋がるばかりだ。そうこうしているうちに、シェパード・キャリアは年末年始の休暇に入ってしまった。

「どのみち、年末年始は企業側も動かないんだ。年明けに改めて連絡すればいいよ」

来栖はそう言ったが、なんだかとても後味《あとあじ》の悪い仕事納めになってしまった。

戸松卓郎

一人暮らしをするようになって何度目かの正月だけれど、無職で迎える正月は初めてだ。コタツに入って、母が送ってきたミカンを剝《む》きながら、途切れることなくテレビから流れる正月特番をただ眺める。この数年すっかり当たり前になった正月の過ごし方だが、無職というだけで、より自堕落な気分になってくる。

コタツの上に放置してあったスマホから通知音がした。友人からの新年の挨拶《あいさつ》だろうか。でも、見る気にはなれなかった。年末からずっと、シェパード・キャリアの連絡を無視している。未谷からのメールが何通もたまっているのを見るのがたまらなく億劫だった。

まさか、来栖嵐がシェパード・キャリアにいるなんて。こんな質《たち》の悪い神様のいたずらがあるだなんて。

真奈美の葬式で会った彼を思い出す。周囲の光を吸収してしまうような真っ黒な喪服《もふく》に身を包み、松葉杖をぎこちなくつきながら、彼は葬儀場に現れた。参列していた誰かが「あれ、事故に遭った人だよ」と言ったのが聞こえた。

わかっていた。彼は被害者で、加害者は真奈美の方なのだと。会場にいた全員がわかっていた。被害者がこうして葬儀に参列してくれるなら、事故の和解もきっとスムーズに行くと、そう思わなければいけなかった。

でも、あの日、卓郎はどうしてもそれができなかった。

焼香《しょうこう》だけをして会場を後にした彼を、卓郎は追いかけた。あの日は天気が悪かった。エントランスの自動ドアをくぐった瞬間、霧雨《きりさめ》混じりの冷たい風に頬を引っぱたかれた。

振り払うように、「おい！」と声を上げた。

立ち止まった男の顔を、卓郎はまじまじと見た。有能が服を着て歩いているような顔をしていた。仕事も、私生活も、何もかも満たされている人間の顔だ。大企業勤めの将来有望な若者の体に後遺症を残してしまったと、真奈美の両親が苦悩《くのう》していたのもよくわかる。

「これ見よがしに松葉杖ついて現れやがって」

彼の表情は凪《な》いでいた。自分の足を不自由にした相手に怒るでもなく、真奈美が死んでしまったことを悲しむでもなく、とても平坦で、温度の感じられない顔をしていた。それが、猛烈に卓郎の神経を逆撫《さかな》でした。

「あんたは真奈美が死んでざまあみろって思ってるかもしれないけど、周りはあんたのことを可哀想《かわいそう》って思うかもしれないけど、俺は違うからな」

もし、あの日、あの場所に、こいつがいなかったら、真奈美は死ななかったかもしれない。こいつを避けようとハンドルを切ったがために、真奈美は死んだのかもしれない。そう思ってしまう幼稚な自分を、卓郎は止めることができなかった。

「間違ってるって承知の上で、俺は、一生あんたを恨む」

霧雨が、徐々に雨粒に姿を変えだした。彼の頬を、卓郎のこめかみを、小さな雫《しずく》が静かに伝っていく。互いにしばらく動けずにいたが、卓郎が飛び出していったのを見ていた同僚が、外まで呼び戻しに来てくれた。

謝罪もせず、頭を下げることもせず、卓郎は会場に戻った。セレモニーホールは焼香の匂いで満ちていて、胸が詰まった。真奈美が死んだことが、香の匂いと一緒に自分の体に染みついていく。

参列者席に腰を下ろし、蹲《うずくま》りたくなる体を無理矢理起こした。祭壇に、花に囲まれた真奈美の写真がある。卓郎の知らない写真だから、多分、大学の頃のものだ。学生証に載せるために撮《と》ったかのような写真で、真奈美の表情は硬《かた》かった。

付き合っていた。会社の同期で、新入社員研修で同じグループになって、同じ部署に配属されて、互いの仕事の相談にのり、互いの愚痴《ぐち》に笑い合っているうちに、付き合うようになった。

お節介《せっかい》でフットワークの軽い母と真奈美はすぐに仲良くなって、母には「あんた、意外と早く結婚しそうね」なんてからかわれ、満更《まんざら》でもないと思っていた。

仕事は大変だった。入社三年目で月の時間外労働は百時間に及び、深夜に帰宅することもあれば早朝に出勤することもあった。厳《きび》しいノルマもあって、達成できないと上司の怒鳴り声が飛んだ。それでも、真奈美と愚痴を言い合ったり慰《なぐさ》め合ったりしていれば、なんとか乗り切れた。真奈美も「セクハラがないだけマシかな」なんて笑っていた。

若いうちはこの程度のこと、乗り切れないと将来やっていけないとか、ここで音《ね》を上げたら他の会社でだってやっていけないとか、無責任で浅はかな思考停止に陥《おちい》っていた。

でも、その愚《おろ》かさの代償《だいしょう》が真奈美の事故なのだとしたら、いくら何でも大きすぎる。

「なあ」

お経《きょう》が読み上げられる中、卓郎は隣に座っていた同僚に声をかけた。彼は声を上げることなく、首を傾《かし》げて卓郎を見た。

「誰が悪いと思う」

誰のせいで真奈美は死んだと思う？　会社だよな？　なあ、会社だよな？　お前だってわかってるよな。心の中で思ってるよな。ぶつぶつと繰り返す卓郎の肩を、「そんな話は後にしろ」と同僚が叩《たた》く。

「俺はもう黙らない」

誰に対する宣言なのか、自分でもわからなかった。自分へ、真奈美へ、会社へ――とにかく、もう俺は理不尽なものに目を瞑《つむ》らない。そう誓った。

葬儀のあと、芳名帳に書かれた名前から、あいつの名前が「来栖嵐」であることを知った。

コタツに入ったまま眠っていたらしい。目を覚ますと部屋が暗かった。テレビからは引き続き正月特番が垂れ流されている。コタツの上を右手で探って、スマホを摑《つか》む。時間は午後七時だった。メールが十通届いている。

試しに一通開いてみる。未谷から、今後の求職活動についての提案があれこれ書かれていた。

自分のこれまでのキャリアを前向きに、ポジティブに捉えて——などという一文を見て、スマホを壁に投げつけそうになる。投げつけそうになって、そのまま枕にしていたクッションに突っ伏して叫んだ。あー！　あー！　あー！　と三度、腹の底から声を張り上げる。

何をして生きていくべきなのか、どんな姿で生きていくべきなのか。手探りで彷徨《さまよ》った結果が、今だった。これではいけないとわかっている。わかっているのに、これ以外の姿を見つけられない。

これ以外の生き方が、俺にはわからない。

未谷千晴

「あ、千晴、明けましておめでとう」

新宿駅の西口を出たところで、洋子にばったりと会った。ワイン色のノーカラーコートは、正月休み明けの新宿の雑踏《ざっとう》の中でも華やかに目立った。

「あけおめは、三《さん》が日《にち》にも言ったよ？」

「おめでとうは何度言ってもいいじゃない」

洋子は三日に千晴の家に遊びに来て、母の作ったお節《せち》を食べていった。初詣《はつもうで》にも千晴は一緒に行った。「何をお願いしたの？」とにやにや笑いながら聞かれたが、はぐらかしたままだ。

「千晴がうちで働き始めたのが四月だったのに、あっという間に年が明けちゃったねえ」

初詣では甘酒《あまざけ》を飲んでご機嫌《きげん》だったのに、洋子は唐突に表情を引き締《し》める。

「どうするの？」

駅前の通りを渡り、会社のある西新宿方面に向かって歩きながら、洋子は穏やかな口調で聞いてきた。穏やかなのに、どこか有無《うむ》を言わさない強引《ごういん》さが滲む。

「転職エージェントの仕事、凄《すご》くやり甲斐《がい》がある。一年近く働いて、社会に必要な仕事だって思った」

新年の新宿の街は、清々《すがすが》しい空気をしているかというと、そうでもない。去年の残り香《が》が地続きで漂《ただよ》っている。年が明けたくらいで人々の生活はリセットされない。

だから、人は自分の手で自分を変えなきゃならない。

「仕事も、生活も、自分の駄目なところも直したいところも、もっといろいろ上手くやりたいことも、全部自分で選択して、自分で変えるしかないんだよね」

変えるチャンスが目に見えるのだとしたら、今、自分の前には分岐点《ぶんきてん》がある。

「だからね――」

言いかけて、「あっ」と声を上げてしまった。信号で立ち止まったら、背後から聞き馴染《なじ》みのある杖の音が聞こえた。

「明けましておめでとうございます」

仕事納めの日となんら変わらない様子で、来栖は新年の挨拶をしてきた。

「あら、姪《めい》っ子と秘密の話をしてたのに、タイミングが悪い男」

洋子があからさまに抗議したけれど、来栖は涼《すず》しい顔で「それは失礼しました」と彼女の隣に並んだ。

「お正月休みはどこ行ったの？」「箱根です」「近い上に渋い旅行ね」「移動に時間がかかる旅行は嫌いなんですよ」と二人が言い合っているのを、千晴は大人しく聞いていた。洋子とはまた今度、じっくり話そう。

むしろ、自分は洋子より先に、来栖に伝えなくてはならない。彼は未《いま》だに自分の担当CAなのだから。

オフィスに到着すると、すでに多くの社員が出社していた。「明けましておめでとう」「今年もよろしく」という言葉と共に、正月旅行のお土産が配られる。

仕事始めと言っても、今日はどのCAも面談の予約が入っておらず、求職者や求人企業へ年始の挨拶を兼ねた業務連絡をするくらいだ。

広沢が台湾旅行土産にくれたパイナップルケーキを齧《かじ》りながらパソコンでメールを確認すると、年末に何通もメールを送った戸松から返事が来ていた。年末年始を挟《はさ》んで、少しは求職活動に対して前向きになってくれただろうか。

パイナップルケーキの端を口に放り込み、来栖が買ってきたらしい温泉饅頭《おんせんまんじゅう》の包みを開けたときだった。

戸松からのメールに「退会させてください」という一文を見つけてしまい、包みごと温泉饅頭を取り落とした。メールの日付は一月一日の午後七時過ぎだった。

「来栖さんっ」

営業担当の社員と話をしていた来栖に、構わず駆け寄った。

「戸松さんが、シェパード・キャリアを退会したいと、メールで……」

言うはずだった言葉が、どこかへ行ってしまう。来栖は表情を変えなかった。驚くことも、憤《いきどお》ることもなかった。

ただ、一度だけ瞬《まばた》きをした。ほんの一瞬、自分を暗闇に閉じ込めるみたいに、ゆっくりと。

「そうか」

いつも通りの、平坦な言い方だった。営業の社員と二、三言葉を交わし、席を立つ。千晴の前を素通《すどお》りし、何食わぬ顔で給湯室でコーヒーを淹れたと思ったら、オフィスを出て行ってしまう。

「あの、来栖さん……」

彼は無人の面談ブースの一番端にいた。淹れたばかりのコーヒーをテーブルの上に放置し、窓際《まどぎわ》から道行く人を見下ろしている。

「来栖さん、悲しんでるんですか？」

明かりの点いていない面談ブースにたたずむ彼の背中は、青い影に染まっている。彼に歩み寄りながら、千晴は言葉を探した。先ほどの来栖の瞬きが、頭から離れない。

「しんどいんですか？」

しんどい？　彼は今、しんどいのだろうか。

「どのみち、求職者が退会を申し出てきたら、こっちは引き留めることはできない。別の転職エージェントに行くなり、自分で地道《じみち》に求職活動するなりして、いい会社と出合えることを祈るだけだ」

来栖は千晴の質問に答えなかった。しんどいとも、しんどくないとも言わない。ただ彼の口にした「祈る」という言葉に、すべての合点《がてん》がいった。出会ってから一年近い時間の中でのこの人の言動、すべてに合点がいった。どうして気づかなかったのだろう。転職の魔王様なんて二つ名に、自分はすっかり騙《だま》されていたみたいだ。

この魔王様は、とてもとても慈悲深《じひぶか》いのだ。自分のもとにやって来た迷える羊が、自ら変わるチャンスを摑めますようにと、今よりもっと幸福な毎日が送れる場所へ行けますようにと、この人はずっと祈っている。だから、考えない人間に、他者に選択を委《ゆだ》ねようとする人間に、自分の未来を想えない人間に、この人は憤る。

「俺や求職者の心配より、自分の今後について考えたら？　あと三ヶ月もないだろ、未谷さんの試用期間」

それらしい言葉ではぐらかされた。事実だから、無性に腹が立ってしまう。

「求職者が大変なときに自分の心配をしてるなんて、そんなのCAじゃないと思います」

精一杯反旗《はんき》を翻《ひるがえ》したつもりが、来栖は無反応だった。ビルの下、道行く人をただ眺めている。しばらく彼の背中を睨みつけていたけれど、千晴は諦めてオフィスに戻った。午後からのスケジュールを確認する。面談の予定はないし、求職者や企業へ年始の挨拶メールを送るくらいしかやることはない。

「未谷、どこ行くの？」

鞄とコートを抱えた千晴に、広沢が聞いてくる。

「面談です」

そうとだけ言って、千晴はオフィスを出た。「新年早々に面談っ？」と戸惑《とまど》う広沢の声が飛んできた。

「来栖さん！」

エントランスを出る直前に、面談ブースにいる来栖に向かって叫んだ。

「戸松さんの自宅に行ってみます」

先ほどまで無反応だった彼が、勢いよく振り返る。目を見開いたその顔は、滅多に見られない驚いた魔王様の顔だった。

彼が何か言う前に、千晴はエントランスを飛び出した。エレベーターがどれも別の階に止まっていたから、非常階段の扉を押しのけるようにして開け、無人の階段を駆け下りた。

ビルを出て、スマホの乗換案内で戸松の家の最寄り駅を検索した。ところが、人身事故で運転見合わせになっている区間があり、振り替え輸送は遠回りをする必要があった。

ならばいっそタクシーを使ってしまおうと、大通りまで走った。

新宿駅の方から走ってきたタクシーを見つけ、右手を勢いよく振り上げたときだった。

「止まれっ！」

風船が破裂するような声に、動きを止める。ついでにタクシーも千晴の前で止まり、後部座席のドアを開けてくれた。

ゆっくり振り返ると、杖をついた来栖がこちらに歩いてきていた。慌ててタクシーに乗り込もうとすると、もう一度「止まれ」と怒鳴られた。

「俺は走れないんだから！」

そう言われたら、止まるしかない。乾いた杖の音が近づいてくる。心なしかいつもより荒っぽいその音は、徐々に彼の息遣《いきづか》いと重なって聞こえた。

「新年早々、何考えてるんだ君は」

肩を上下させて話す来栖に、咄嗟に「すみません」と言いそうになる。ところが彼は、杖の先でそのままタクシーの車内を指した。

「乗って」

杖先に追いやられる形で、タクシーに押し込まれる。千晴の隣に座った来栖が運転手に「板橋方面に」と指示し、タクシーは走り出してしまう。

「戸松さんの家に行くんですか？」

「君が行くって言ったんだろ。詳しい住所は記憶してないから後は任せたからな。大体、求職者の自宅に押しかけるのは、どう考えたってやりすぎだ」

窓枠に頰杖をつき、来栖がぶっきらぼうに吐き捨てる。「後は任せた」と言ったのに、どうやらお説教は山ほどあるらしい。

「この仕事は来る者拒《こば》まず、去る者追わずなんだよ。退会の意思を示してる求職者を追いかけ回して思い留まらせるなんて、どう考えたって駄目だ。個人情報の取り扱い的にも、どう贔屓《ひいき》目《め》に見たってアウトだし、戸松卓郎からクレームが入っても入らなくても始末書ものだ」

最初から最後まで、全部正論だった。わかっている。この行動は一線を越えている。

「来栖さんの言う通りですけど、私だって普通の求職者だったらこんなことしないですよ。でも来栖さん、戸松さんがああなった原因の一つは自分にあるかも、なんて思ってるんじゃないんですか？　だからしんどいんじゃないんですか？」

戸松がシェパード・キャリアを退会すると言い出したのは、どう考えたって来栖に会ったからなのだから。

「それにですね、転職エージェントにとって、抱えている求人企業は財産で、抱えている求職者も財産だと思います。貴重な財産をみすみす失うようなことをするのは嫌ですし、何より戸松さんは貴重な人材だと思うんです。だって、私にできないことをできた人なんですから」

おかしいものをおかしいと声を上げ、行動を起こせる人間は、必ずどこかで必要とされる。おかしいと思うことすらできず、求められるがままに働いて駄目になった未谷千晴にはないものを彼は持っている。

「来栖さんは私の担当ＣＡじゃないですか。私がＣＡとしてちゃんとしないと、来栖さんがましんどいじゃないですか。だから私は、私がいいと思うＣＡを、今からやるんです」

言葉が散らかってまとまっていないのが自分でもよくわかる。来栖は怪訝《けげん》な顔をしたが、千晴はふんと鼻を鳴らして鞄から戸松の履歴書を出した。そこに書かれた住所を運転手に伝える。

途端に、車内は静かになった。先ほどまで来栖と言い合っていたのが嘘みたいに感じられた。信号が青になり、タクシーが再び走り出す。ずん、とシートに体が押しつけられ、タクシーがスピードを上げるにつれ、体が軽くなるような感覚があった。

「来栖さん、どうして前の会社を辞めたんですか？」

不思議だ。長く抱えていた疑問が、するっと口から出た。

「なんで突然そんなことを聞くんだ」

「突然じゃないです。結構前からずっと思ってました」

いつからだろう。剣崎がシェパード・キャリアに現れたときだろうか。そんな気もするし、もっと前からだったようにも思える。

「一体、君にどこまで話したんだ、剣崎莉子は」

来栖は重い溜め息を吐き出した。またはぐらかされるかと思ったのに、彼は意外と素直に口を開いた。

「やり甲斐のある仕事だった。南米の鉱山に投資して、アフリカで再生可能エネルギーに投資して、会社にも現地にも大きな利益を出してやろうと目論《もくろ》んでた。結構大きな野望も、野心もあった。あの頃の生活は、すべてそのためにあった。会社で上《のぼ》り詰めることだけを生き甲斐にしてたし、自分の手で世の中を動かしてるような感覚があった」

当時の来栖なんて見たことがないのに、いとも容易《たやす》く想像できてしまう。青空とガラス張りのビルと、日本の大都会には絶対に吹かない澄《す》んだ風が吹く中を颯爽《さっそう》と歩く後ろ姿。

杖は、ついていない。

「足を悪くした途端に、使い物にならない社員扱いをされるようになった。大事にしてた仕事もごっそり外されて、追い出される形で異動した」

窓枠にあった来栖の手が、いつの間にか左足に移動していた。指先がとん、とん、と膝のあたりを叩く。

「最初こそ、こんな風になっても役に立つことを証明したくて頑張ったんだけどな。誰かに必要とされるとか、評価されるかどうかに血眼《ちまなこ》になってるのが、あるとき無性に虚《むな》しくなった」

——一人の人間ができることなんて、一人の人間の仕事なんて、意外とたいしたことはない。どんな人間にだって代わりはいる。

以前、彼はそんな風に話していた。

それでも人間は働くんだ、と。

「安永真奈美を恨んで、フラストレーションを晴らそうと考えたこともある。でもなあ、恨んでも恨んでも、彼女も俺と同じように一生懸命《けんめい》働いてたんだろうと考えてしまうんだよ。そのうち、怪我《けが》くらいであっさり消えてなくなってしまうもののために働いているのが馬鹿らしくなって、何もなくなった自分の今後について考えた。やりたい仕事もできずに大企業にしがみついて、しかも周囲からお荷物扱いされるのは御免《ごめん》だと思って、シェパード・キャリアに登録した。そしたら、君の叔母《おば》さんからスカウトされた」

「洋子叔母さんは……社長は、来栖さんを何て言ってスカウトしたんですか？」

「迷える羊を導《みちび》けるのは、迷える羊だった奴だけだとさ」

言い終えた彼が、小さく笑う。シートに背中を預け、フロントガラスから差し込む陽《ひ》の光に眩《まぶ》しそうに眉《まゆ》を寄せた。彼の髪が、一月の日差しに白く光る。

「自分のやって来たことの意味が見出せなくなって、これからの自分を思い描けなくなった人が他にもいるのなら、何かできるかもしれないと思った」

「今の仕事、好きですか」

「足を悪くしたのは不運だったたし、確かに、夢が潰《つい》えたことは間違いない。でもどうやったって失ったものは返ってこないし、生きているだけで充分幸運だった」

言葉を切った来栖が、傍《かたわ》らに置いていた杖の柄《え》を握り締めた。

「思い描いていた道を外れたら外れたで、人生は満更でもなかったよ。転職とはそういうものだと俺は思っている」

吐息《といき》をつくように、彼はふと表情を緩《ゆる》めた。相変わらずの素《そ》っ気《け》ない目で千晴を見てくる。視線がいつもより柔らかく感じるのも、恐らく穏やかな日差しのせいだ。

「だからさ、高望みをしろとは言わないけど、せめて望みを持ちなよ」

何に、とは彼は明言しなかった。千晴が何か返すより先に「そろそろだな」と外の景色とカーナビを確認し、話を切り上げてしまう。

自分が求職者として彼と面談をしたときに言った「高望みをするつもりはない」という言葉を、この人はずっと覚えていたんだなと思い知った。

数分もしないうちに、タクシーは古びたアパートの前で停まる。戸松が留守にしていて、今日は帰らなかったらどうしようか。支払いを済ませながらそんな心配をしたが、杞憂《きゆう》だった。先にタクシーを降りた来栖が、路地《ろじ》の先を凝視していた。コンビニのレジ袋をぶら下げた戸松が、俯《うつむ》きがちに歩いてくる。これも、魔王が引き寄せた幸運なんだろうか。

戸松がこちらに気づいて、啞然《あぜん》とした顔で足を止める。怒った様子で鼻を鳴らし、早歩きになったと思ったら、千晴達を避《さ》けるようにしてアパートの敷地に入っていこうとする。

何も言わない来栖に代わって、千晴が声を張った。

「戸松さん、求職活動はどうされるんですか？」

足を止めた戸松が、「しばらくはやる気が起きないです」と振り返らずに答える。

「だとしたら、ちょっと時間を置いてからでもいいので……」

「俺なんかより、他の求職者のサポートをしてればいいだろ」

吐き捨てるように言って、話は終わりだとばかりに、戸松はズボンのポケットをまさぐって鍵を取り出す。一階の一番手前が、彼の部屋のようだ。

「会社がほしいのは従順な社畜だからと、未谷に話したそうですね」

ずっと黙っていた来栖が、やっと口を開く。横目に見た彼の顔は、いつも通りだった。求職者の痛いところを突いて戸惑わせ、怒らせ、傷つける、魔王様の顔をしていた。

「自分は社畜にはならないし、なりたくないと貴方は思っているかもしれませんが、僕に言わせれば戸松さんも似たようなものですよ」

ガチャガチャと鍵穴に鍵を突っ込んだ戸松が、はっきりと動きを止めた。鋭い視線をこちらに向ける。来栖は彼を煽《あお》るように「似たようなものです」と繰り返した。

「僕は、社畜になるっていうのは、理不尽を受け入れて家畜のごとく働くようになるのと同時に、自分の未来について考えるのを放棄《ほうき》することだと思っています。自分を犠牲《ぎせい》にして会社をよくしたって、貴方の未来はこれっぽっちも明るくならない。自分ばかりが割を食うと気づいているのに突き進むなんて、考えることをやめた社畜と変わらないですよ」

「黙れ」

戸松の手から鍵が落ちた。コンクリートの通路に冷たい音を立てて落ちた鍵が、雨樋《あまどい》と屋根の隙間からこぼれる日差しに鈍《にぶ》く光る。

「あんたに何がわかる」

自分が吐いた台詞《せりふ》に嫌気が差したみたいに、戸松は唇をひん曲げる。

「仕事に夢を見ないのはご自由です。でも、貴方は自分の未来にすら、希望を抱いてないじゃないですか。僕達は、そんな人間を放ってはおきませんよ」

《僕達》と来栖が言った意味を噛み締める間もなく、来栖がくすりと笑う。

「貴方は僕を一生恨むと言いましたが、僕は安永さんのことは恨んでいません。事故の瞬間、運転席の安永さんと目が合いました。あの人は、最後まで事故を回避《かいひ》しようとしていました。他でもない僕が、一番それをわかっています」

戸松が口を開きかける。来栖はいつも通り、彼の言葉を奪《うば》って涼しい顔で話し続けた。

「足がこうなったのは確かに不運でしたが、僕は死ななかったし、転職をして今もこうして結構楽しく仕事をしているんですよ。だから、自分でも意外ですけど、恨んでないんです」

仕事をしている。恨んでない。来栖が言葉を重ねるたび、戸松は半開きだった口を閉じていく。最後には、観念したように唇を引き結んだ。色褪せたダウンコートのポケットに両手を突っ込み、うな垂《だ》れるようにして、一度だけ洟《はな》を啜る。

「……恨んでないんだ、あんた」

「ええ。むしろ、しょっちゅう思いますよ。僕が死んでいたら安永さんは亡くならずに済んだかもしれないとか、僕があの日、あと一分、家を出るのが遅ければ、事故は起きても死者は出なかったんじゃないかとか。そういえば家を出る前に天気予報をチェックしたなとか、青信号が点滅していたから走って横断歩道を渡ろうとしたとか——横断歩道を渡るたびに思いますよ。僕の些細《ささい》な行動の違いで、安永さんの死は回避できたんじゃないかと。だから、貴方が僕を恨むのは、間違ったことではないと思っています」

魔王はとても穏やかな目をしていた。食い入るように来栖を見つめた戸松が、素早く瞬きを三度した。

「そうか……そうなんだ」

悪かったな、と――聞こえてきた戸松の擦れ声に、来栖の頬がぴくりと動いたのが、千晴にはわかった。彼は、やっとのことで姿を現した獲物を見据《みす》える猛獣のような目をしていた。

「今、僕に対して申し訳ないと思いましたか？」

杖をつき、来栖が戸松に歩み寄る。戸松が、ポカンと彼を見つめる。

「安永さんの葬儀のときに酷いことを言ってしまったと、罪悪感を覚えましたか？」

戸松の呼吸を妨げるように次々と質問を投げつけ、さらにたたみかける。

「もしそうなら、次は精々《せいぜい》、長居できる会社に就職してください。サポートはシェパード・キャリアが全力でします」

戸松のアパートがある路地を抜けて大通りに出たが、タクシーはなかなか捕まらなかった。

「未谷さんがいきなり出ていくから、コートも鞄も持って出られなかった」

一月の冷たい風に身震《みぶる》いした来栖が、そう小言《こごと》を漏《も》らす。杖を握った右手の指先が赤くかじかんでいた。鞄に入れっぱなしになっていたマフラーを取り出してみたが、「いらないよ」とすっぱり断られる。

「戸松さん、また連絡くださるでしょうか」

戸松は結局、来栖の言葉に応《こた》えることなく部屋に入ってしまった。それ以上深追いすることはできなかった。

「さあ、ここまでしてそれでも退会するなら、もう相手にしてられないよ」

「さっきは僕達が放っておかないからって言ったのに……」

「もう充分構っただろ」

タクシーが近づいてくる。背伸びをして右手を挙げたが、残念ながら回送車だった。

「でも、『僕に申し訳ないと思ったのなら長居できる会社に就職しろ』って、戸松さんへの言葉として正解だったでしょうか」

「タクシーの中で随分考えたけど、それくらいしか手札が作れなかったんだ」

だから、「お前も社畜と変わらない」と言って戸松を怒らせて、彼を煽るようなことをしたのだろうか。来栖ならそれくらいのことができてしまう気がするし、この人の慈悲深さが幸運を引き寄せたようにも思えてくる。

またタクシーが走ってきた。今度は空車だ。来栖が掲げた左手に吸い寄せられるように、路肩に停車する。

そのときだった。

荒々しい足音と共に「ちょっと待って！」という、戸松の声が飛んできたのは。

「わかったよっ」

千晴達のもとに走って来た戸松は、来栖と千晴を順番に見やって、もう一度「わかったよ」と頷いた。

「あんた達に預けるよ、俺の次の就職先」

強《こわ》ばっていた戸松の表情が、わずかに緩む——のを、来栖が許さなかった。

「預けられても困ります。戸松さんが自分で選んで、自分の力で内定を勝ち取るだけです」

さらりと言ってのけた来栖に、戸松が言葉を失う。溜め息を堪《こら》え、千晴は来栖を押しのけて前に出た。

「この人はこう言ってますが、私が全力でサポートするので、一緒に頑張りましょう。戸松さんを必要とする会社、絶対にありますから」

戸松はしばらく、千晴と来栖の顔を交互に、探《さぐ》るように見ていた。タクシーの運転手が「お二人ですか？　三人ですか？」と暗に早くしろと催促《さいそく》してきて、ハッと我に返る。

「じゃあ、退会の話は、なしってことで」

またよろしくお願いします、と頭を深々と下げた戸松は、とても居心地《いごこち》悪そうに「それじゃあ」と呟き、来た道を戻っていく。背中から「ばつが悪い」という声が聞こえてきそうな、そんな足取りだった。

「また、来栖さんの計画通りですね」

タクシーに乗り込んで、まずそう言ってやった。来るときとは違い、来栖が上座《かみざ》に、千晴が下座《しもざ》に座る。

「何言ってんの。今回は、未谷さんの勘が当たったんだろ」

運転手に会社の住所を告げた来栖が、千晴を指さしてくる。

「未谷さんは、戸松卓郎は俺の言葉なら聞き入れると考えた。俺は、彼が俺の話を聞くわけがないと早い段階から見切りをつけてた。戸松卓郎を呼び戻せたのは君の手柄《てがら》」

「いや……私、端《はな》から自分で戸松さんを説得しようとしてましたし、結果として来栖さんを誘《おび》き出すことに成功したってだけですし」

「なら、俺は逃げた羊を追いかけて野に出たら、いつの間にか狼《おおかみ》と闘わされてたってわけだ」

「求職者を狼扱いだし、私は羊ですか。羊毛を取るための家畜ですか」

冗談のつもりだったのに、来栖は突然、思慮深い顔になる。妙に低く澄んだ声で「そうだな」と返してきた。

「君はこの一年間ずーっと、シェパード・キャリアにやって来た迷える羊だっただろ」

教育係から担当ＣＡの顔になった来栖に、千晴は無意識に姿勢を正していた。道路に段差でもあったのだろうか。タクシーが上下に揺れる。

「私、シェパード・キャリアで働きたいです」

今朝《けさ》、洋子に言おうとしたこと。あのとき言わなくてよかった。進路を決めた。こうやって生きていくと腹をくくった。そのことはやはり、真っ先に担当ＣＡに伝えるべきだ。

「働くって我慢することだとずっと思ってたんです。転職も、要するに失敗を取り返すことなんだと思ってました。入る会社を間違えたから、間違いを修正するのが転職だって。周りから後《おく》れを取ることなんだって」

みんながで きることができない人。後れを取った人。転職をするとは、要するにそういうことなのだと、心の隅でこっそり思っていた。

「この一年で、働くって結構いいものなんだなと思ったし、転職って自分がもっと幸せになるためにやることなんだなと、よくわかりました」

　来栖は何も言わない。腕を組んで、目まで閉じている。うたた寝をしているようにも見えたが、構わず話し続けた。

「誰かに必要とされるから働くんじゃなくて、私がこの仕事を好きだなと思えたから、働き続けたいです。迷える羊を導けるのが迷える羊だった人なのだとしたら、私にもできることがあると思います」

　――これが、私の本音です。

　大きく首を縦に振って、そう続けた。まずは戸松だ。シェパード・キャリアをもう一度選んだことを後悔《こうかい》させないよう、帰ったらすぐに営業担当の社員に広く声をかけて、彼に合いそうな企業をピックアップしよう。他のＣＡにヒアリングして、過去に似たような求職者の事例がないか調べてみよう。

「そう」

　だいぶ時間がたってから、来栖が顔を上げた。目は閉じたままだったが、心地の良い音楽に身を委ねているような穏やかな顔をしていた。

「それじゃあ、精々頑張って」

エピローグ

「ねえ、貴方《あなた》、うちに転職してこない？」

面談の終わり際《ぎわ》、そのＣＡ《キャリアアドバイザー》は突然そんなことを言ってきた。

「急にどうしたんですか？」

冗談かと思った。でも彼女は、口元こそ笑っているが目は真剣そのものだ。面談の頭にもらった名刺を、来栖《くるす》は改めて見た。落合《おちあい》洋子。肩書きはＣＡであり、転職エージェント「シェパード・キャリア」の社長でもあった。妙にフランクに話しかけてくるなと思っていたが、まさか最初からそんな魂胆《こんたん》があったのだろうか。

「来栖さんの経歴《けいれき》を見て、転職エージェントがぴったりなんじゃないかと思ったの。うちも人手不足で困ってて」

まさか。俺はここに転職の相談をするために来たのに。ここで働こうだなんて、微塵《みじん》も考えていなかった。

「商社にお勤めだったのに、事故に遭《あ》ったせいで思い描いていたような仕事ができなくなったんでしょう？　で、今はこれからどう生きていくか、人生を再検討中。転職エージェントはいろんな業界の人や企業を相手にする仕事だし、自分の可能性を探《さぐ》るにはぴったりだと思うけど」

「そんな進路に迷う学生相手のインターンシップみたいな理由で、人を採用していいんですか？」

「うちは転職エージェントよ？　迷える羊が集まる場所なの。迷える羊を導《みちび》けるのは、迷える羊だった人だと思わない？」

羊――シェパード・キャリアの社名を思い出し、「なるほど」と頷《うなず》く。頷いても、胸の中でパチンとピースが嚙み合うような感覚はなかった。要するに、自分が転職エージェントで働くことに、全くもってピンときていない。

「CAはいわば羊飼いね。知ってる？　羊飼いって、最も古い職業の一つなの。彼らが持ってるフックみたいな杖があるでしょう。あれはシェパーズ・クルークといって、困難な状況にある人々を助ける象徴《しょうちょう》ともされている」

洋子の目が、テーブルに立てかけられた杖に移る。堪《たま》らず乾いた笑いをこぼしてしまった。

「今日初めて会った人間を、よくそこまで買い被《かぶ》れますね」

「一応、人材紹介業界でずーっと働いてきたから、人を見る目はあると思うの。貴方はいいCAになりそう。厳《きび》しいけど求職者のことを想えるCAに」

にっこりと笑って、「前向きにご検討ください」と洋子は来栖の肩を叩《たた》いた。他の求職者にもこんなに馴《な》れ馴れしいのだろうか。

「予定がなければお昼でもご一緒して、うちの仕事についてじっくりお話ししたかったんだけど」

来栖をエレベーターホールで見送りながら、そんなことまで言い出した。勘弁《かんべん》してほしい。

「これから姪《めい》っ子が来るの。なんかねえ、猫を拾ったらしくて、もらい手を探してるんですって。私、独身だから、猫を飼うのもいいかもって思ってね」

これから初対面なのよ、とわざわざスマホで猫の写真を見せてくる。真っ白な毛と、色素の薄い目をした猫が、画面の中でぶすくれた表情をしていた。今の自分は、この猫と同じ顔をしている気がした。

エレベーターで一階に下り、ビルを出ると、来るときよりも気温が高くなっている気がした。今日の気温は三十度近くになるらしい。太陽の光が、直接、またはガラス張りのビルを反射して、道行く人に降り注《そそ》ぐ。

東京は——いや、街というものは、とことん健常者のために作られている。通行人が行き交《か》う歩道を歩きながら、つくづくそう思った。事故に遭う前は気づかなかった。杖をついて歩くには歩道は狭く、でこぼこしていて、電車一つ乗るにも階段の上り下りが多い。何より、道行く人は誰もが早足で、急いでいて、疲れていて、杖をついて歩く人間は邪魔《じゃま》でしかない。

追い越していった人の鞄《かばん》が杖に当たり、バランスを崩しそうになる。若者のグループとすれ違い様《ざま》に肩が当たる。俺も、事故の前は無意識に、悪気《わるぎ》なく、同じことをしていたのかもしれない。

新宿駅に着く頃には額《ひたい》に汗を掻《か》いていた。ふう、と一息ついて、地下鉄への階段を下りだしたときだった。駆け足で自分を追い抜いていった男性の肩が、こちらの肩に当たった。はっきりと舌打ちが聞こえた。随分《ずいぶん》と上背《うわぜい》のある男で、どんっと背中を押されたような重い衝撃があった。

手すりを摑《つか》もうとした左手は空振《からぶ》りし、右足は杖と一緒に階段を踏み外《はず》した。体が鈍《にぶ》い音を三度上げて、階段を転がり落ちた。周囲で悲鳴が聞こえたが、ぶつかった男は逃げるように階段を下っていってしまった。

踊り場で顔を上げて、落ちたのはほんの数段だったことに気づく。その割に体の節々《ふしぶし》が痛いのは、左足のせいで上手《うま》く受け身が取れなかったということだろうか。

強く打ちつけた肩を摩《さす》って、一度だけ溜め息をついた。これからの人生を、この体と付き合っていかなきゃいけないのも難儀《なんぎ》だ。溜め息の次に、笑みがこぼれてしまいそうになった。

「大丈夫《だいじょうぶ》ですかっ」

階段を駆け上がってきた若い女性が一人、来栖の傍《かたわ》らに屈《かが》む。夏だというのに真っ黒なリクルートスーツを着た、いかにも就職活動中の大学生という出で立ちだ。黒いフレームの眼鏡《めがね》をかけた、真面目《まじめ》そうな女の子だった。

ただ、彼女は黒い鞄と一緒に、ベージュ色のキャリーケースを抱えていた。網状の蓋《ふた》がついたケースの中で、真っ白な猫が仏頂面《ぶっちょうづら》をしている。

「どうぞ」

踊り場に転がっていた杖を、彼女が拾って差し出す。礼も言わず受け取ってしまった。「立てますか？」「駅員さん呼んできましょうか？」「それとも救急車ですかね」と矢継ぎ早に言う彼女に、何度も「大丈夫です」と言った。立ち上がるのに肩まで貸してもらった。

「ありがとうございます」

やっとのことで礼を言うと、彼女は「いえ、怪我《けが》がなくてよかったです」と、まるで自分が助けてもらったように深々と頭を下げ、階段を上がっていった。白猫は最後までケースの中で仏頂面をしていた。

まさか、彼女が、あの人の姪なのだろうか。随分な偶然だな、と頬を緩《ゆる》めながら、来栖は再び階段を下った。体の痛みは不思議と和《やわ》らいでいた。

就活中なら、大学四年生だろうか。希望する会社から内定はもらえたのだろうか。きっと、来年の四月には新社会人になる。

勝手だとは思ったが、彼女がいい社会人生活を送れますようにと祈ることで、礼を言い足りない分を補うことにした。

うたた寝をしたつもりはないのに、なんだか懐《なつか》しい夢を見た気がした。

面談ブースの椅子に腰掛けて窓から見下ろす通りは、季節感こそ乏しいが、それでも春の匂いに溢《あふ》れていた。一ヶ月前に比べると人々の服装は軽やかになり、黒や灰色ばかりだったコートは春物の洋服に姿を変えた。何より日差しが柔らかくなった。

背後に気配《けはい》を感じたと思ったら、膝《ひざ》の上に白い影が飛び乗る。タピオカは喉《のど》を鳴らし、来栖の膝で丸くなろうとした。

「お前、こっちには来ちゃ駄目《だめ》だろ」

いつもはオフィスで社員に可愛《かわい》がられて大人《おとな》しくしているのに、来栖が面談ブースが無人なのを見計らってここでサボっていると、タピオカは必ずやって来る。

「お前の拾い主、今日からうちの正社員だぞ。もう少し懐《なつ》いてやってもいいんじゃないのか。まずはキャリアコンサルタントの国家資格を取るって張りきってるし」

人の言葉を理解しているのかいないのか、タピオカは無反応だった。頭を腹の中に丸め込み、大きな雪玉のようになってしまう。湯たんぽでも抱えている気分だった。

ビルの前の通りを、真っ黒なスーツ姿の青年が一人、足早に歩いていく。その前には、先輩風を吹かせる若い会社員の姿がある。ああ、四月一日だなあ、と思う。新しい会社に足を踏み入れた人が、懸命《けんめい》に、忙《せわ》しなく駆け回る。

しみじみとそんな風に考えていたら、また誰かの足音が聞こえてきた。振り返らなくても誰だかわかった。

「あ、来栖さん、やっぱりこっちでサボってた」

千晴《ちはる》の首から下がったネームプレートには「キャリアアドバイザー」とある。「見習い」の文字は取れた。

「面談がない時間だからって、何を猫を抱いて貴族みたいにくつろいでるんですか」

「働き者の部下ができたおかげで暇なんだよ」

「担当してる求職者の数、一番多いくせに。ちゃっかり営業みたいなこともして、横山さんとかに煙たがられてるくせに」

「上司の生態をよくわかってるじゃないか」

丸くなっていたタピオカを抱き上げると、体を餅のように伸ばして欠伸《あくび》をした。初めて会ったときは仏頂面だったくせに、随分な変わり様《よう》だ。

「戸松《とまつ》さん、内定が出たんですよ」

嬉《うれ》しさを懸命に押し殺した声で、千晴が言う。「今、先方の人事部から電話がありました」と報告する姿は、今にも脳天から音符が躍《おど》り出てきそうだった。

「そうか、よかったな」

彼も、これで少しは今までと違う生活が送れるだろうか。また同じことが起こるだろうか。もしそうなったら、またシェパード・キャリアに来ればいい。何度だって考えればいい。何度だって挑めばいい。人生を変えるために、転職エージェントは存在するのだ。

「早く連絡してあげたら。長丁場《ながちょうば》になったし、向こうも喜ぶと思うよ」

タピオカを肩にのせて立ち上がると、千晴は「そうしまーす」と満面《まんめん》の笑みで頷いた。まだ午前中だというのに、仕事上がりかのような顔で大きく伸びをする。まるで先ほどのタピオカだ。

「今日のビールは美味《おい》しい気がします」

「そりゃあいいね」

オフィスの方から洋子が自分を呼ぶ声が響いてきた。なにやら面倒なことになりそうな予感がする。なにせ今日は四月一日だ。新しい年度の始まりだ。何が始まっても、何に巻き込まれても、文句は言えない日だ。

「今日、飲みに行こうか」

「今日ですか？」

「ビールを飲まないとやっていられない仕事を、君の叔母《おば》さんから押しつけられる気がするんだよ」

冗談ではなかったのに、千晴は肩を揺らして笑った。

「お店、私が決めますね。年度初めから美味しくないお店は嫌です」

随分と生意気《なまいき》なことを言うようになった。オフィスから今度は広沢が「未谷《ひつじたに》ぃー、電話！」と千晴を呼ぶ。千晴はタピオカの頭を撫《な》でて、駆け足でオフィスに戻っていった。

走れない来栖は、杖を片手にゆっくりそのあとをついていった。

額賀　澪（ぬかが　みお）
1990年、茨城県生まれ。日本大学芸術学部卒業。2015年、「ウインドノーツ」（刊行時に『屋上のウインドノーツ』と改題）で第22回松本清張賞、同年、『ヒトリコ』で第16回小学館文庫小説賞を受賞する。著書に、『沖晴くんの涙を殺して』（双葉社）、『風に恋う』（文春文庫）、『できない男』（集英社）、『タスキメシ　箱根』（小学館）、『タスキメシ』（小学館文庫）など。

本書は書き下ろし作品です。

転職の魔王様

2021年2月18日　第1版第1刷発行

著　者　額　賀　澪
発行者　後　藤　淳　一
発行所　株式会社PHP研究所
東京本部　〒135-8137　江東区豊洲5-6-52
第三制作部　☎03-3520-9620（編集）
普及部　☎03-3520-9630（販売）
京都本部　〒601-8411　京都市南区西九条北ノ内町11
PHP INTERFACE　https://www.php.co.jp/

組　版　有限会社エヴリ・シンク
印刷所　株式会社精興社
製本所　株式会社大進堂

ISBN978-4-569-84852-5

PHPの本

三兄弟の僕らは

小路幸也 著

両親がいなくなったその日から、僕らは「普通」じゃなくなった――。家族の秘密に向き合いながら成長する兄弟達の絆を描いた感動作。

定価 本体一、六〇〇円（税別）

PHP文芸文庫

第26回柴田錬三郎賞受賞作

夢幻花《むげんばな》

東野圭吾 著

殺された老人。手がかりは、黄色いアサガオだった。宿命を背負った者たちが織りなす人間ドラマ、深まる謎、衝撃の結末――。禁断の花をめぐるミステリ。

PHP文芸文庫

第7回京都本大賞受賞の人気シリーズ

京都府警あやかし課の事件簿(1)〜(4)

天花寺さやか 著

人外を取り締まる警察組織、あやかし課。新人女性隊員・大にはある重大な秘密があって……? 不思議な縁が織りなす京都あやかしロマンシリーズ。

PHP文芸文庫

婚活食堂(1)～(4)

山口恵以子 著

名物おでんと絶品料理が並ぶ「めぐみ食堂」には、様々な恋の悩みを抱えた客が訪れて……。心もお腹も満たされるハートフルシリーズ。

PHP文芸文庫

昨日の海と彼女の記憶

近藤史恵 著

25年前、カメラマンの祖父とモデルを務めた祖母が心中した。高校生の光介がそこに感じた違和感とは。切なくてさわやかなミステリー。

PHP文芸文庫

桜風堂ものがたり（上・下）

村山早紀 著

田舎町の書店で、一人の青年が起こした心温まる奇跡を描き、全国の書店員から絶賛された本屋大賞ノミネート作。

PHPの本

風神雷神 Juppiter《ユピテル》, Aeolus《アイオロス》（上・下）

原田マハ 著

ある学芸員がマカオで見た、俵屋宗達に関わる意外な文書とは。『風神雷神図屏風』を軸に、圧倒的スケールで描かれる歴史アート小説！

定価 本体各一、八〇〇円（税別）